うちの猫は俳句が大好き

Mori Masanori
森　真紀

土曜美術社出版販売

うちの猫は俳句が大好き＊目次

うちの猫は俳句が大好き

俳人。

このふた文字をほどいてみる。

人非人。

人であって人に非ず。

ひとでなし。

ろくでなし。

俳句とはろくでなしのひとりごとだったんですね。

古今の名句もじつはろくでなしたちのひとりごと、そうおもえば気が楽になる。

そしてひとは気が楽になるとついその作品や作者をいじりたくなるらしい。

あちらからもこちらからも、戯《ざ》れ句、もじり句なるものが、わら〳〵とあらわれてくるのであった。

荒海や佐渡に横たふ天の河

毛利「　荒海やとどに横たふ天の川

これ凄いなあ。荒波の砕け散る岩場一面びっちりと群らがったとどの背中に天の川がざんッと降りているんですね。濡れた皮膚からもう〳〵と湯気を立ちあげて、辺り一帯に蛋白質の臭気を粘っこく漂わせている」

師匠「とどの刺身、まだ食ったことねえが、一度食ってみてえな。酒のさかなにゃもってこいかも」

毛「原句が日本画風なのにたいして、この戯れ句は油絵風。単語ひとつちがうだけでまるで別世界です」

師「これ、太古の風景のようにもみえるが未来の風景のようにもみえる。とどの鳴き声と波の音だけで、にんげんの姿どこにもみあたらねえ」

毛「作者の姿もみあたらない。あ、その、『作者』のことなんですけど、これからたくさんの戯れ句を採りあげていくわけですが、じつはどれもこれもその作者たちの名前がわからないんですよ。編集部があちこちの古書店探しまわってやっとみつけてきたこの『風の戯れごと』という限定豪華本。ただぶっきらぼうに句作品がずらりと並んでいるだけで、詠《よ》んだ作者の名前も、この本を纏《まと》めた編者の名前も記《しる》されていないんです。
それに、書名はたしかに『風の戯れごと』となっておりますが、これらの句を詠んだ作者たちが、はたして戯れ句として詠んだのか、あるいは純粋な創作俳句として詠んだのか、あるいは『俳句というものはそもそも戯れの文芸なんだからそんな区別は意味ないいんだよね』てな感じでお気楽に詠んだのか、それさえよくわからないんです。今、わたくしどもの手元にあるのはその写し、写本です」

師「作品がおもしろけりゃそれでいいんだわ」

毛「たしかにそのとおりです。ところで、原句が『天の河』なのに、これ、『天の川』になっておりますね」

師「『河』だと淀んじまうけど『川』だと流れる」

毛「たしかに『河』という字、なにかを四角く囲んでいるような感じがして、縦三本の『川』の字のような流動感、流麗感がありませんものね」

師「だから原句だって、おれだったら『天の川』って書くだろうな」

毛「師匠、芭蕉の俳句、添削しちゃいましたね」

師「なめんじゃあねえよーん」

閑かさや岩にしみ入る蟬の声

毛「この座談会。こんな風に戯れ句を採りあげて、われら三人、ゆっくりお酒酌み交わしながらしゃべくりあおうという趣旨のもとに始まりました。柳家一平師匠、トム・カテッロ氏、そしてわたくし毛利。この三人、もちろん人非人ではありませんので、これまで俳句とはほとんど無縁だった者ばかりでございます。つぎの原句は『閑かさや岩にしみ入る蟬の声』」
師「これまた『奥の細道』」
トム「それただしくない。『おくのほそ道』。日本人のくせしてそんなことも知らない」
師「どうでもいいんだよ、そんなこたぁ。はなっからけんか売ってんのか？」
ト「けんか、『売った』こともないし『買った』こともない」
師「なにもんだぁ、こいつぁ」
毛「そうでした、そうでした。われら三人、まったくの初対面ですもんね。
あらためまして、わたくし毛利と申します。
ひまなのでたまに雑文などちょこっと書いたりしておりますし、俳句も一年ほど前にちょっとだけつくったことがありますものですから、そんな経歴を買われてか、司会進行役をやらせていただくことにあいなりました。おふたりのプロフィールは前もってある程度は拝見させていただいております。

一平師匠は芸人さんだそうで。失礼ですが、おいくつですか？」

師「わすれた」

毛「そうとう古びてはおられますね。トムさんは、正式のお名前がトム・カテッロ・ポレンスキー・ジュニア。何人《なにじん》ですか？」

ト「外人」

毛「それはわかりますが」

ト「いちどくわしくしらべたけど、じぶんの先祖たちのふるさとどこなのか、わからないでおわった」

毛「ずいぶんと、いろいろな国を旅してこられたということですが」

ト「結果的には、旅をしてきた、ということになるのかもしれないが、ぼくはいつもその国にずっと住みつくつもりで暮らしてきた」

毛「ずっとおひとりで？」

ト「だから、アメリカのママからしょっちゅう心配の電話がかかってくる」

毛「それにいたしましても、『奥の細道』がほんとは『おくのほそ道』だったなんてぜんぜん気がつきませんでした。漢字だとくすんだ茶色い匂いが漂っていたためかちょっと近寄りがたかったんですけど、ひらがなにするとずいぶん新緑の風が吹いてきますね。ではその戯れ句です。

閑かさや居間にしみ入る蟬の声

前書に、『わかれ話』とありますが」

師「ちくしょうめ、身にしみる」

毛「ご経験ありそうですね」

師「かかぁのやつ、いまごろどこでなにしてんかな」

ト「あんたがわるかったのか？　それとも、かかぁがわるかったのか？」

師「…………」

ト「あんたが女つくったのか？　それとも、かかぁが男つくったのか？」

師「…………」

ト「あんたがあり金ぜんぶもって夜のお勝手口からこっそりとにげだしたのか？　それとも、かかぁがあり金ぜんぶもって夜のお勝手口からこっそりとにげだしたのか？」

師「…………」

毛「その『…………』、なぜか蟬の声のようですね。トムさん、もうやめてあげてください」

師「あと一行なんかいったら、おれぁけえる」

ト「原因、知りたかっただけ。悪気なし」

師「そっちに悪気なくとも、こっちは悪い気になるんだよ」

毛「まあまあ。この句が身にしみるひと、あるいは身につまされるひとけっこういらっしゃるんじゃあないでしょうか。映画のワンシーンみたいですね。そよとも風のない庭、開け放たれた窓、聴こえてくるのは蟬の声だけ。それでいて、深刻な状況に身を置きながらも、作者、妙に醒めている。あかるくて怖いですね」

ト「ぶらっくじょう句」

毛「　**逝《ゆ》く母や庭に極まる蟬しぐれ**

おそらく、この作者の母親の脈をとっていた主治医が、周りに集まっていたひとたちに向き直ってゆっくり深々とお辞儀したところなんでしょう。それまではまったく気がつかなかった庭の蟬時雨が一気に雪崩《なだ》れ込んできた」

師「おれのおふくろんときも夏まっさかりでな。十歳だった。いまでも蟬の声きこえてくっと、あんときの眼えとじたおふくろの顔、あたりめえのようにあらわれてくる」

毛「そして元気だった頃の顔もね。何年経とうが何十年経とうが、手をのばせば届きそうなすぐそこに居るんですよね」

師「で、手をのばすんだがよ、やっぱり居ねえんだな」

毛「居ない」

師「あたりは蟬しぐればかりなり」
毛「つぎの句にまいりましょうか。
　　閑かさや岩にしみ入る尿《しと》の音」
ト「しょっちゅうひとりで山歩きしてるから、この句よくわかる」
毛「なかなか味わい深いものがありますね」
ト「しーんとした山奥で岩にしみこんでいくじぶんのその音をきいてると、いまたしかにぼくはここに居るんだな、という気持ちになる」
毛「ふだんそんな実感めったに体験できるものではありませんよね。めまぐるしい日常生活の中で、ふと立ち止まって『じぶんは今ここに居る』なんて認識すること、まずない」
ト「そして、朝みた新宿駅の風景とそのしずまりかえった山奥の風景とが、どうしてもつながらないのである」
師「おれも一度やってみるかな」
毛「　**閑かさや烏賊《いか》にしみ入る蟬の声**
ちょっとしたスナップ写真。じつにおいしそう。だって、張りめぐらした縄に吊り下がっている生の烏賊に、蟬の声がじっくりとしみ込んでゆっくりと干し上がるわけですもんね」

師「蟬がなこうがなくめえが味かわるわけあんめえ」
ト「絵としてはとてもいい」
師「そんなんでいんなら、おれも一句。

閑かさや皺にしみ入る蟬の声

こんなもん、いくらでもできる」

毛「師匠のボロボロのお姿が眼に浮かびます。では、わたくしも。

閑かさやビラにしみ入る蟬の声

若かりし頃の学生運動。警官に殴られたあとの口惜しさ、道路一面に散らばったおびただしいビラ、思い出します」

ト「じゃ、ぼくも一句。


閑かさや地下室《ちか》にしみ入る蟬の声」

毛「トムさんが日本に来て初めて住まわれたお家は、あちこちから集めてきた廃材を使ったトムさん渾身の手造りの一軒家だったんだそうですけど、そのお家が、裏山からの土砂崩れに見舞われて、あっというまに地下室に生き埋めになられたそうで。ところでトムさん、芭蕉の『おくのほそ道』読んでどうでした?」

ト「英語訳で読んだとき、旅行ガイドブックか、おもった。こんな旅行ガイドブックが、なぜ日本のすばらしい文学なのかと。

でも日本語で読んだら、いろいろな種類の文字がならんでたので、そのひとつひとつのちがいがわかれば、すばらしさがいつかわかるであろうとおもった」

毛「じゃあ何度も繰り返し読んだんですね？」

ト「みじかいから、日本にきてからだけでも、もう三回読んだ」

毛「日本語の特性に慣れてくれれば、やはり『おくのほそ道』という作品にたいしての評価はずいぶん変わってきたでしょうね」

ト「やっぱり旅行ガイドブックであった」

毛「ま、それはともかくとして、トムさん、三回もよく読まれましたね。そもそも日本人だってほとんどのひとは、『おくのほそ道』、読んでないんじゃあないでしょうか」

師「だろうな」

毛「有名な句がいくつか入っているし、冒頭の『月日は百代の過客にして』なんて序文、高校の授業やテストで何度も読まされてきましたから、わたくしもなんとなくぜんぶ知っているつもりになっていましたけど、完読したことはなかった。このあいだ、この司会を頼まれましたので、さすがにじっくりと腰据えて読み始めたところですけどね」

師「読むとすぐねむたくなるからな、ねむれねえ夜なんざ、もってこいだわ」

毛「こんなんで、この座談会、これからやっていけるのかしら？」

師「酒ただで飲ましてくれるってえからここにきてるだけでな、あとどうなろうと知ったこっちゃねえ」

毛「この三人ですと、俳句論じあうつもりが、すぐ話が横に逸れて、わけわかんなくなりそうな気がしないでもないですね」

師「『おくの寄り道』」

毛「しかも、相手のいうことには耳を貸さずに、じぶんの意見だけ言いたい放題、会話は成り立たず、それぞれ完全に話は一方通行ってなことになりそうな気がしないでもないですし」

師「『おくの片道』」

毛「ま、でも、かんがえてみれば、芭蕉の『おくのほそ道』だって、ある意味『おくの寄り道』ですし、旅に死んでも悔いなしのこころがまえで出かけたわけですからある意味『おくの片道』」

師「なんとかなるんじゃあねえのか」

ト「とりあえず、このこと、ママには電話で知らせておいた」

毛「とりあえず、師匠、最終回までは生きていてくださいませね。たぶん、これが師匠最後の晴れ舞台となるでしょうから」

師「『おくの花道』ってか？」

名月や池をめぐりて夜もすがら

毛「暑くなったり寒くなったりわけわからない日々がつづいておりましたが、ここにきてやっと秋が正座したって感じですね。お酒のおいしくなる季節です」
師「　**名月が盃をめぐりて夜もすがら**　一平」
毛「あらまあ、ちょっといいですね。盃のふちにとまっている月の光をお酒と一緒に飲みほしているお姿が眼に浮かびます。さきを越されてしまいましたが、そうです、きょうの原句は『名月や池をめぐりて夜もすがら』」
師「からだんなか月光だらけだったな」
毛「最初の戯れ句。『産室にて』という前書があります。
臨月や光纏《まと》いて夜もすがら
眠る妻の臨月の腹部をふうわりと覆っている掛布に、産室の常夜灯がゆるい光を落としているんですね。母体の奥底のちいさな生命からゆっくりと浮上してくるエーテルのようなものが掛布のうえで光となってひろがっている。薄暗い産室の真ん中で、そこだけが、一晩中、鮮やかな輪郭をたもちつづけている。

夫であるこの作者も一晩中そばにいたことになるわけですね。世の父親たちの多くが、こういう夜を経験しているんじゃあないでしょうか？　一枚の室内画をみるようで、この句、わたくし大好きです。

迷い猫声うろ〳〵と夜もすがら

じつは、わたくしの家に先日の午後、迷子の子猫がやって来ましてね。淡い黒とまばゆいばかりの純白で、片手のてのひらに乗るくらいのやつが、リビングに面した庭でにゃあ〳〵いっていたんで息子が硝子戸開けてやったら、あたりまえのようにちゃっかり入って来たんです。そして、ソファに座っているわたくしの前に来て床にお尻をつけると、前足すっくと揃え、わたくしの顔じっとみあげ、あらためて『にゃあ』っていいました。華奢ですけど、けっしてやつれている感じではなく、おそらくあちこちで餌もらっていたんでしょうね、ほんとうに少年のような猫なんですよ」

師「その歳んなって、猫かうようになっちゃ、あんたももうおしめえだな」

毛「じつは、わたくしも、そのことがすぐ頭に浮かんだんですよ。よく、こどもがみんな片づいた老夫婦が『ミーコやミーコ』なんて猫なで声だして傍目はばからずにべたべたになっている姿、ぞっとしましたものね。いずれはわたくしたちも夫婦ふたりきりになるかもしれませんけど、でもね、猫飼うことで、こどもがいなくなった穴埋めするなんて、情けないもいいとこ。というか、飼う理由はなんであれ、そもそもペット愛好家という人種には、心底嫌悪感もっておりますから」

師「それが、いまじゃあんたもその仲間入り」

毛「ちがいます。誤解しないでいただきたいんですが、いまでも、ペット愛好家というひとたちをみると『ふんッ』といった気分になります。わたくしはいまでもペット愛好家ではないんです」

師「だがよ、猫かわいがってることはたしかなんだろ？」

毛「いいえ、可愛がってはおりません。可愛いとおもっているだけなんです。いいですかッ。可愛がるということと、可愛いとおもっていることとは、ぜんぜん別物なんです。可愛がるというのは、こちらから相手に愛情をもって、いろいろな形で接触してゆくことなんです。それに反して、可愛いとおもっているというのは、けっしてこちらからは接触しない。相手がこちらに接触してくるのは拒みませんけど、けっしてこちらからは手をさしのべたりはしない。見守るだけ」

ト「なにいいたいのかよくわからないのであるが、どっちにしても、あんたが一匹の猫をかいはじめたことは、事実なんだろ？」

毛「たしかに事実です。でも、わたくし、わざわざペットショップに行ってお金出して買ってきたわけでもないし、どなたからかいただいたわけでもない。猫が勝手に我が家に入り込んで来たんです。わたくしが猫に接触しにいったわけではなく、猫のほうからわたくしに接触してきたんです。この一点を見落とさないでいただきたい」

師「じゃあ、猫なでごえだして、頭なでてやるなんてこたぁ、ぜったいしねえわけだ」

毛「たまには、いたします」

師「たまにはいたしますって、どのくれえ、たまにはなんだ？」

毛「妻がいうには、朝から晩までだそうです。

それはそれといたしましして、その妻が、この猫のことを、一句詠んでいるんです。

子猫来たる息さわやかににゃあと鳴き

ちょっといいでしょ？『息さわやかに』がいいんですよ。

妻の作品を褒めるの、ちょっと照れ臭いんですけど、やって来たときの最初の印象は、まさにこれでした。じつに清潔感溢れるやつでした。そこいらへんにうろ〳〵している薄汚い野良猫とはわけがちがいましたね」

ト「名前は、なんてつけたのか？」

毛「つけておりません。名前なんぞつけたらそれこそ可愛がってしまうかもしれませんからね」

師「毛利ちゃん、あんたやっぱり、もうおしめえだな」

毛「　**満月や部屋をさぐりて夜もすがら**

じつに静かな作品です。窓から射し込む月の光が、部屋の片隅からもう一方の片隅までひた〳〵と長い時間かけてゆっくり移動してゆく。『もうだいじょうぶ、もうだいじょうぶ』とでもいうかのように部屋の奥深くにまで探りを入れながら移動してゆく。光をあてられた壁も、床も、ひとも、清潔な麻酔をかけられたようにじっとしている。何度読んでもこころに沁みわたる句です」

ト「こどものころ、おなかいたくてベッドにはいってたとき、窓のそとのお月さまみてたらいつのまにか治ってしまったことがある」

毛「たしかに月光には麻酔成分が含まれているような気がいたしますね。月光を超低温で液化させたらまっ青な麻酔薬ができるかもしれません」

師「『部屋をさぐりて』がいいな」

毛「さりげない表現ですけどね」

ト「『さぐりて』と『さりげない』このふたつのことば、ちょっと似てるとおもわないか?」

毛「あ、ほんとですね。いわれてみるとたしかに似ています。トムさん、日本語ずいぶんわかってきているみたいですね」

ト「最近、ぼく日本語で寝言いうらしい」

師「そりゃぁてえしたもんだな」

毛「日本語がわかってきたということは日本がわかってきたということですからね」

ト「ただきのうの夜、ひさしぶりにママと電話ではなしてたとき、そのことでまたけんかになってしまった」
毛「日本のことで？」
ト「日本では、古池に蛙が飛び込むと水の音がするんだよっておしえてあげた」
毛「そしたら、ママはなんと？」
ト「あたりまえではないかって。
なんでそんなあたりまえのことにおまえはおどろいてるのか。まえからおもってたことだけど日本にいっておまえのあたますこし変になったみたいだって」
師「ま、いうだろうな」
毛「ほかにはどんなお話、してさしあげたんですか？」
ト「日本では、柿を食べるとお寺の鐘が鳴るんだよって」
毛「そしたら？」
ト「これもまえからおもってたことだけどおまえのあたまが変になったのもたしかだがそもそも日本という国が変なのではないかって」
師「ま、いうだろうな」
ト「それから、日本では、蟬が鳴くとしずかになるんだよっていったら、とにかくはやく帰ってこいって」
毛「よく説明してさしあげたんですか？」

ト「くわしく説明したつもりなのだが、あまりよくつたわってないようなのである。英語で、よりただしく日本の文化とか生活とかを説明するにはどういういいかたをすればいいのか、ほんとにむずかしい」

毛「電話の場合、顔の表情とか身振り手振りがみえませんからね。ママにはとりあえず言葉で、つまり英語で、つまり理屈で、説明するしかない」

ト「まえにも、日本では、蠅が手足をごし〳〵こすりあわせてるときはぜったいにころしてはいけない、たとえなにかをまきちらしているのかもしれなくてもじっとやさしくみまもっていてあげなければいけないんだよっていったら、先進国だとおもってたけど、日本はいったいなにかんがえてるんだっておこってたし、日本では、秋になると隣の人が何をするかわからないから気をつけたほうがいいらしいっていったら、ガチャンッて電話きって、二週間後におもたい錠前セット五ツもおくってきた」

師「トムとしては、まちがったことはひとこともいってねえわけだ」

毛「トムさんなりには、ある意味、じつに正確に日本を伝えている」

ト「それなのに、ママは、いつもいつもぼくをおこるし、しんぱいするし、はやくそんな日本すててかえってこいっていう。きのうもさんざんあーだらこーだらおこったあと、いま住んでるのはどんな家なのかときくので正直にこたえた」

毛「なんていったんですか?」

ト「咳をしてもひとり」
毛「そしたら？」
ト「なんにもいわなかった。ただ……」
毛「ただ？」
ト「泣いてるみたいだった」

ひや〳〵と壁をふまへて昼寝かな

毛「　ヒヤ〳〵と屋根をふまへて忍者《しのび》かな
前書には『芭蕉まぼろしの一句』とあります。芭蕉がじつは忍者だったという説がありますが、この前書、どこまで信用してよろしいんでしょうか？　この本の編者、埋もれていた幻の真作も掘り起こしているらしいんです」
師「どこまでも信用しなくていいんだよ。芭蕉がほんもんの忍者だったらこんなまぬけな俳句つくるわきゃねえ。こんなへっぴり腰じゃ、忍者どころかコソ泥にもなれねえ」

毛「でも、これがほんとうに芭蕉のまぼろしの一句だとしたら、この座談会シリーズ、かなり注目を浴びますけど」

師「浴びるのは罵声だけだわ、松尾罵声」

ト「ひらがなの『ひや〳〵』とカタカナの『ヒヤ〳〵』このつかいわけがぼくにはわからない」

師「『ひや〳〵と屋根をふまへて忍者かな』だったら芭蕉の真作の可能性はあったな。それなら、月光に濡れた屋根をふんでゆく忍者のきーんとした緊張感がでてるからな」

毛「トムさん、あまりむずかしくかんがえなくてもいいとおもいますよ。すなおにそのまんま、おいしいものを食べるように味わえばいいんですよ。ずっと日本に住んでいればそのうち自然にわかってくるんじゃあないでしょうか。でもこの句、やっぱり芭蕉の句かも」

師「つぎいけ」

毛「はい。

ヒヤ〳〵と甕をふまへて値ぶみかな

これもカタカナのヒヤ〳〵です」

師「たしかに買い取る骨董屋としちゃあ、ヒビへえってたら売りもんになんねえからな」

ト「客のまえで、店の主人がおっかなびっくり甕をふんづけてる。とおりがかりのひとがみたらどうおもうのであろうか？」

毛「くだらない句です」

師「『芭蕉まぼろしの一句』と大差ねえとおもうけどな」

毛「　**ひえ〴〵と影を踏まへて狐かな**

実景なのか白昼夢なのか。いずれにしても昔の象徴主義派の連中が飛びつきそうな句ではあります。おのれの影を踏みながらやがてどこかへ消えてゆく一匹の狐。まぼろしの獣のようでありながら、地面には妙にくっきりと影を落としているんですね。ただその影もまたまぼろしなのかもしれない。無音の世界の一瞬をとらえた句だとおもいます」

師「たしかに音のねえ世界」

毛「あゆむ狐のイメージを借りて、むしろその無音を表現したかったのかもしれませんね。次の句もおなじような傾向ですが、

ひや〳〵と花を浮かべて昼寝かな

わたくしはこれ、風通しのいい座敷の真ん中で浴衣の胸をちょいとはだけて寝ているご婦人をおもい浮かべました。彼女の夢の微熱に吸いよせられて舞い込んできたうすい花びらがふたひらみひら、蝶のように宙を漂っている。涼しげでありながらちょっと艶っぽい」

ト「どこのスイッチおせばそんなイメージがうかぶのか、しんじることができない。これはきよらかなおさなごの句である。いとしのわが子の寝顔を詠んだ句である。きよ句ただし句うつくし句」

師「いやにむきんなってるな」

ト「ママがよく話をしてくれた。『トムったらちいさい頃、眠りながらよく笑ってたのよ。夢をみてたのね。それがもう食べちゃいたいくらい可愛くってねえ。くちびるを微かにあけてニコッてするの。ほんとに花がひらいたようにね』その話、ずっとぼくの宝物。なにが胸をちょいとはだけて寝ているご婦人、だ」

毛「申し訳ありません。なんで謝らなきゃなんないのかわかりませんが、とりあえず謝っておきます。そんなに怒るとはおもっておりませんでした」

師「マザコン」

ト「カカァコンにいわれたくない」

毛「最後の句です。

ひやく〳〵と禿を抱えて昼寝かな

『悩める老僧の午後』という前書があります。わたくしの友人の父君が住職をされているお寺があるんですが、そのご住職、一本すっと芯が通っていながら、人あたりのそれはそれは柔らかなかたでして、ほんとうに素晴らしい人格者なんです。酒たばこはもちろん、賭け事も女もまったく寄せつけず、とにかく読経三昧。

お寺に集まる檀家相手の講話なんかでも、むずかしい言葉は一切つかわずに誰にでもわかりやすい言葉で語りかけるためこどもからお年寄りにいたるまで誰もがその語りに引き込まれてしまい、しかもその内容たるやじつに深く澄みきった青空の如きなんです。わたくしたちの目の前を無言で通り過ぎてゆくだけで辺り一面に清潔な空間を残していってくださるような、そんなかたなんです。

ただ、その友人の話によると、ご住職、昼食のあとのお昼寝すると、決まって禿頭を抱え込んで身を捩り始める。寝言癖もかなりひどく、それも性格上、誰にでもわかりやすい言葉、正確な発音で正確に表現しなくては気が済まないためか、そばで聞いている友人には親父さんの本心が百パーセントわかっちゃうらしいんです。

で、わかりやすいのはいいんですけど、それが最初から最後まで放送禁止用語のオンパレードなんだそうです。淫らな酒池肉林から抜け出そうと悪戦苦闘しているのか、それとも淫らな酒池肉林ではしゃぎまくっているじぶんの声を外に漏らすまいと悪戦苦闘しているのか、毎日毎日、禿頭を抱え込んで身を捩りながら寝ている姿は可哀そうでもあり滑稽でもありとてもみてられないんだよってこぼしておりました」

師「坊主も楽じゃねえな」

毛「わたくしは信じたくないんですけどね」

ト「この場合は、『ひやく〳〵』なのか『ヒヤく〳〵』なのか」

毛「ご住職、たまにははめはずして晩酌でもされたほうがいいのかもしれませんね」

師「　　ひやく〳〵と盃をかさねて秋の夕　　」

毛「あ、気がつきませんで。師匠、おつぎいたしましょう」

蚤虱馬の尿する枕もと

毛「ところで師匠、お寒くなりましたけど、お風邪引いたりされませんか?」

師「たまにちょこっとひくと、あ、おれ生きてたんだとおもうんだわ」

毛「なるほどね。トムさんはいかがですか?」

ト「ぼく、風邪にかかったことはあるが、風邪を引いたこともないしもちろん足したこともない」

毛「まじめにおっしゃっているのか、おちょくっているのか。つぎの原句は『蚤虱馬の尿する枕もと』。尿を『しと』と読むか、『ばり』と読むか」
ト「しと〳〵か、ばり〳〵か」
毛「実際の音とその漢字の読みとは深い繫がりがありますから、この句の場合はどちらがいいんでしょうね?」
師「『ちょろ』じゃいけねえのか?」
毛「いけません。

軒白み夢魔の去りゆく枕もと

むりやりですね。まあ、ふつうの創作句として読めば気になりません。たしかにこの本には、戯れ句というよりは純粋な創作俳句といってもいい作品がかなりあります。わたくし、こどもの頃、よく体験しました。夢の中で『こんな怖いことはきっと夢にちがいない』という醒めた意識みたいなものがどこからかやってきて、とにもかくにもここから脱出しなければいけないと、ゼラチン質の夢の粘膜をむりやりにズルリッとくぐり抜けて眼をこじあける。もう汗びっしょり胸どき〳〵になっておりましてね。で、軒先をみるとあたりがかすかに白み始めているんです。枕もとには、しんとした畳の匂い」
ト「夢魔という字、怖い」
師「夢ぜんぜんみねえ」

毛「悪夢って、疲れてささくれだった神経が体内で溶けだすときに出すエキスのようなものでしょうから、師匠のように、神経の太いあるいはもともと無いかたは悪夢みないんでしょうね。

蚤虱妻の尿する枕もと

『隅田川の岸辺にて』と前書にありますが、苦味のあるおかしさですね。ただ、こんな不安定な時代、明日は我が身ですから絵空事ではありません」

師「かかぁいねえから関係ねえ」

毛「これ、読みようによっては、究極の夫婦愛ともいえますよね。大都会の真ん中を流れる川の岸辺でひっそりと身を寄せあって生きている夫婦の姿。おたがい、なにも隠しあうことなく、こころの赴くまま、自然体で生きているんですからね」

ト「夫は妻を、妻は夫を、信じきって、ゆるしきって。爺さんとはぜんぜんちがう」

毛「見上げれば青テントの破れ目からたくさんの星がそんなふたりをじっと見下ろしている。聴こえるのは妻の尿の音だけ。不思議な深みのある句ですね」

師「かかぁ、いまごろ、どこで、なにしてんかなぁ」

道のべの木槿《むくげ》は馬にくはれけり

毛「　釜の辺《へ》のおこげは馬にくはれけり
　熱かったでしょうね、馬」

師「くちびるおもいっきりめくれあがったな、馬」

毛「農家の庭先で近所のひとたちが集まっておそらく田舎風バーベキューでもしていたんでしょう。あんまりいい匂いがしているんで、馬が厩舎から首のばして釜の辺にこびりついているおこげを食べちゃった。
それにいたしましても、おこげというのは、ある意味失敗の産物なのに、いまじゃあなぜか重宝されていますよね。焼きおにぎりなんてものは、もしかしたら、捨てるに忍びない残ったおこげをしかたなく食べていた女房たちが、ある日とつぜん編みだしたアイデアなのかもしれません。納豆とか、ある種の干物だとか、そもそもはミスが原因で産まれたもの、けっこう多いらしいですからね。

寄せ鍋や生煮え肉も喰はれけり

鍋物囲みながらのお酒って、絵的にはこんなにいい取り合わせはほかにないようにおもえるんですが、やってみるとちら〳〵わら〳〵忙しくて落ち着かないんですよね。

たくさんの視線がそそがれている鍋の中でいろんな具材がぷく〳〵揺れうごいたり刻々と変化したりする鍋物というのは、煮えどき食べどきを見計らいながらやりますから、どうしても、われさきに的な雰囲気になるでしょ、あれが、落ち着かない。とはいえ誰だって一番おいしいタイミングで食べたいですしね」

ト「スキヤキなんかともだちとやると、みんな、眼がツリあがる」

毛「わかります、じつにわかります。すき焼きのようなお肉がらみの鍋物はとくに険悪度が上がります。ただお肉がらみのときは、煮えどき食べどき争いもさることながら、やはり金銭勘定も絡んでくるんじゃあないでしょうか」

ト「それ、ぜったいある」

毛「わたくしなんかも、よくよくかんがえてみればそれほどお肉好きじゃあないのに、スキヤキのときは、やっぱり最優先的にお肉確保しますからね。なんてったってその中で一番高いのはお肉ですから。野菜なんか見向きもしません。豆腐、しらたきなんざ相手のほうに押しやって、とにかく、まずはお肉。元を取らねばッ！　ただそれだけです。

だからまわりの友人たちが全員ずるい奴におもえてくる。とはいえ、紳士として通っているわたくしといたしましては、そんなじぶんの心理状態をぜったいにひとにみせてはならないわけでありますから、表情や動作は完璧におだやかさを保ちつづけなくてはならない。じつにほんとに鍋物というのは疲れます。お酒どころではなくなります。

だから、さざえの壺焼きとか茶碗蒸しみたいな一品料理がじぶんの前にはっきり静かに置かれていると落ち着きますね。『これはわたくしの分ですからね』と、まわりのひとたちにはっきりと無言で主張できるわけですから」

師「きょうのこれ、鍋もんじゃなくてよかったな」

毛「一品料理ばかりですから、とても平和です。でもね、お刺身なんかは、ひと切れふた切れ師匠に取られても気がつかないかもしれませんので、やっぱりちょっと手前に引き寄せたくなる」

師「毛利ちゃん、ちょっとどころか、だいぶひきよせてあるな」

毛「つぎの句です。

道のべのお告げは犬も食はぬなり

『神様信じますか?』わたくし、いままで何度追いかけられたことか」

師「おれぁこないだ、かかぁの姿みかけたって近所のやつが知らせてくれたんで駅前にさがしにいったとき、おいかけられた。汗びっしょりんなってさがしまわってるとき、音もなくうしろからやってきて『神様信じますか?』ときた。

はりたおそうかとおもっておもいっきりふりむいたら、あいては毛むくじゃらのでっけえ外人だったからやめたがな。汗びっしょりんなってあたりきょろ〳〵みまわしながらよろける足とにかくまえへまえへとつきだしてあるいてるよれ〳〵の爺いを、うしろからおいかけてきて、そんなこと聞くか？　ふつう」

毛「家が全焼して命からがら脱出してきた被害者にマイク突きつけて『いつ新築しますか？』って聞いている馬鹿とおんなじですね。

しかも、『お告げ』やっている連中のほとんどは『いま何時ですか？』っていうノリですからね。あれ、いっそのこと、こっちもそのノリで『ハイいまから信じます』って応えたら、どんな顔するでしょうね。こんどひまなとき、やってみようかな。

とはいえ、『お告げ』やっているひとたちにしろ、どんな宗教団体に入っているひとたちにしろ、ああいう風にあるひとつの教えに熱心な信者をみていると、ある種うらやましさみたいなものは、たしかに感じます」

師「たしかにうらやましいわな。神様しんじてぜんぶあずけっちまえば、なにおころうとこわいもんなし、だかんな」

毛「あいだみつをの『にんげんだもの』とおんなじ。『一発殴られたら二発殴りかえせばいい　にんげんだもの』」

ト「あいだみつをに、そんなことばがあるのか？」

毛「たぶんないとおもいますけどそれはそれとして、終わりに『にんげんだもの』という言葉さえつければ、そのまえにどんな言葉をもってきてもいい。なんでもあり。そしてそれ以上深くかんがえたり悩んだり、しなくなっちゃうんですね。『にんげんだもの』この七文字に全責任を負わせればいいんです」

師「それにしてもよ、とおりすがりの爺いおっかけて『神様信じますか？』ってやるやつの神経やっぱわかんねえな」

毛「ところで師匠、その逃げた元奥様の話ですけど、けっきょくどうなったんです？　みつかったんですか？」

師「うんにゃ、みつかんなかった。あのお告げやろうのおかげでケチついちまったのかも」

ト「もしみつかったら、またいっしょにくらすのか？」

師「わかんねえ。いまかかぁがどうおもってんのかもわかんねえし、なによりおれじしん、いまおれがどういうきもちでいるのか、それもよくわかんねえ」

毛「たしかに、おふたりともおたがい、そのときになってみなければわからないでしょうね。こういうことは理屈どおりにいくもんじゃあないでしょうから」

師「にんげんだもの」

五月雨をあつめて早し最上川

毛「　　万感を浮かべて黒き最上川

『灯籠流し』という前書があります。灯籠を持ち寄ったひとりひとりがそれぞれ火を点けるんじゃなくて、それを河原の水辺に集めてお坊さんやら世話人やらが代表で火を点けるんだそうです。土手の上に立ち並ぶひとびとの視線が祈るようにそそがれて、ついに灯籠に灯が点る。そのおびただしい数の灯籠を一斉に流すわけですから、最上川は一瞬にして、悲しみと慈しみに満ちあふれた巨大な銀河となるわけですね。ふだんは荒々しい最上川も、この、死者と生者とがくりひろげる無言の交信に圧倒されて、さすがに分厚くひそまり返っている。原句が『あつめて早し』と動的であるのにたいして、これは『浮かべて黒き』と静的に詠んでおりますね。

　　肩書を並べてむなし老いの秋

定年退職後ひさしぶりに巡ってきた名刺交換の場で、ひさしぶりにじぶんのさし出す名刺の肩書き見たらちょっとこっぱずかしくなっちゃったんでしょうね。外国でも、名刺、やりとりするんでしょ？」

ト「でも、日本の名刺のようにあんなにいろんな肩書き印刷してある名刺はみたことがない」

師「おれの知りあいの爺い、はたらいてもいねえくせに、やたら肩書きびっしりの名刺もってな、あうやつあうやつにくばりまくってる。金はもってるからねんがらねんじゅうあたらしい名刺つくっちゃあ、そのたんびに肩書きふえてる。こないだも、またあたらしいやつくれたんだが、あつい高級和紙のまんなかのてめえの名前のまわりに、こまけえ文字が黒々と蟻みてえにとりまいててな。『江戸川製作所・資材部・元部長』からはじまって『ゲートボールサークル・ゴッドハンドブラザース会長』『セピア音楽祭・監査役』までびっしり。かぞえてみたら三十五個あった」

ト「『セピア音楽祭』ってなんだ？」

師「週に一回カラオケスナックに近所のジジババ五、六人あつめてさわいでるだけ。はなすことっちゃあ、肩書き自慢、交友自慢ばっかで、ついこないだなんかも、じぶんちの隣にとんでもねえ大物がひっこしてきたってんで、自慢しまくってた」

毛「ほう、とんでもない大物って？」

師「中曽根元首相の甥っこと小学校の同級生で、一年間、席が隣だったんだそうだ」

毛「それだけ？」

師「それだけ」

毛「こんどまたあたらしい名刺いただいたら、師匠、わたくしにもみせてくださいね。三十六番目の肩書きが楽しみ。

『日本国元首相中曽根康弘氏の甥と小学生のとき隣の席に座っていた男の、隣人』。肩書きに読点入ってたりして」

夏草やつはものどもが夢の跡

ト「　　**五月雨をマツモトキヨシ最上川**　一平」

毛「それ、終わってます。つぎの作品は連作です。

前書に『寝タバコで家焼けて　二句』とあり、まずはそのひとつめ。

夏草や上物《うわもの》どもが夢の跡

トムさん、上物というのは、日本の俗な言い回しのひとつで、土地の上に立っている家建物のことです」

ト「ものすごく知ってる」
毛「あ、そうか、そうでしたね。上物ではかなり苦い体験されたんですもんね。もう立ち直りましたか？」
ト「まだ建ち直ってない」
毛「いや、家のことではなく、気持ちのことですけど」
ト「こういう句読むとちょっと立ち直る。ひどい目にあったにんげんぼくひとりではなかった」
毛「おたがい頑張ろうという気持ちになりますよね」
ト「ぜんぜんならない。じぶんの不始末で焼けてしまったんだから、ざまみろこの野郎だ」
毛「あまり自棄にならないように。まあ、災難に遭われてからまだ日もあまり経っていないわけですから、無理もないのかもしれません。ふたつめ。

夏草や糞餓鬼どもは嫁のあと

家が焼けたうえ、お嫁さんにも子供たちにも逃げられたら、たまりませんね」
ト「ぼく、この連作読んでうれしくてたまらない。この作者、女房子供にまでにげられた。ぼく独身、女房子供いない。そのぶんだけ、ぼくしあわせ。そのぶんだけ、この作者ふしあわせ」
毛「あまり自棄にならないように」

師「ちいせえ野郎だ」

ト「かかぁににげられた爺いにいわれたくない」

毛「

浅草や花魁《おいらん》どもが夢の跡

巨きな髷に太くて長い髪飾り何本も突き刺して、顔中お化粧塗りたくって、重たそうな着物何枚も重ね着して、外歩くときは木箱みたいなでっかいポックリ履いてるような女性、わたくしだったらちょっと遠慮させていただきたいですね。

そんな不自然の塊りが眼の前にデンッと座っているお座敷で、お酒やお料理いただくなんて、かんがえただけでも落ち着かないし鬱陶しい」

ト「ふしぜんといえば、あのスモウの行司、あんなふしぜんなものもない。とくにえらい行司になると、びしっとした衣粧に小刀差して足袋草履姿。すっぱだかどうぜんで殺気だってる野獣のような力士ふたりのまえで、じぶんだけそのかっこうはないでしょう、といいたいのである。うごきづらいだろうし、あぶないだろうし、なによりもめざわりだし、なんの意味もない」

毛「行司さんって、自宅にいらっしゃるとき、どんな格好しているんでしょうかね」

師「あつい日なんか、あんがいパンツ一丁、缶ビール片手にくわえ煙草で競馬新聞めくってたりしてな」

行く春や鳥啼き魚の目は涙

毛「もうすぐお正月ですね」
師「　**行く年や餅なき者の目は涙**　」
毛「そうです、きょうの原句は『行く春や鳥啼き魚の目は涙』です」
師「　**行く年や土地なき者の目は涙**　」
毛「どうされたんですか？　きょうはずいぶん弱気ですが」
師「　**行く年や年寄りうわのそら涙**　」
毛「トムさん、師匠どうしちゃったんでしょう？」
ト「きのうの忘年会で飲みすぎたのかも」
師「　隣の春婆さんに捧ぐ～
逝く春や鳥啼き魚の目は涙　」
毛「ああ、そうだったんですか。それはそれは。暮とかお正月ってあんがいそうなんですよね。寒さがいけないんでしょうか。お悔み申し上げます。さ、一杯どうぞ。きゅっとやって新たな年の来るのを待ちましょう。

つゆ晴れや鳥啼き魚の目は涙

つゆの晴れ間のおもいがけない青空に鳥や魚たちが歓喜する圧倒的な興奮状態を、わずかな言葉の置き換えで表現しております。原句のややしょぼくれた感興をひっくり返しておもしろいですね。光と風に乾いて軽くなった羽根をおもうぞんぶんにひろげて飛び回る鳥の姿や、渓流の底で、射し込む陽光に感涙をあふれさせている魚の姿が鮮やかです。

鳥や魚たちののびやかにひらいてゆくこころが、この句を読むにんげんのこころにも乗りうつってきてこちらも幸福になる」

師「ちっとばかしきもち晴れたな」

毛「それは良うございました」

石山の石より白し秋の風

毛「　石橋の石より強し妻の杖
足は多少弱くなってきてはいるものの腕っぷしはあいかわらず強い奥さんが、ぷりぷりしながら杖で石橋を叩いて渡っているんですけど、いつ石橋が砕け落ちるかわからないとおもうと、うしろからついてゆくこの作者、気が気でないんですね」
ト「この奥さん、なにをそんなにおこってるのか？」
毛「わかりませんが、そうとうに怒っていることだけはたしかですね。この調子だと真ん中へんまで行ったとこで石橋が真っぷたつに割れちゃったりして」
師「この句でおもいだしたんだがガキんとき、氷にのっかったまんま漂流したことあったっけ」
ト「えっ？」
毛「えっ？」
師「五歳くれえだったかな。
たぶん伯父といっしょにどっかの田舎にあそびにいってたときだったとおもうんだが、ちかくのでっけえ川が凍っちまったって話きいてよ、ひとりでちょいといってみた。
土手からみおろすと、はるか川上からはるか川下までみわたすかぎり晴れわたった両岸に沿って、ずらーっと氷が張っててな。そのはてしなく長い氷の廊下にはさまれて、真っ黒い川の水が流木やら何やら浮かべてずっしりおもたそうに流れてんだよ。なぜか、おもわず深呼吸したな。雲ひとつねえ空のしたで、巨きくうねりながらすげえはやさで流れてる。

土手からおりてってそこらへんにおちてた太い棒っきれ一本を杖がわりにしておそるおそる岸辺に張ってる氷にのってみたんだが、それがそもそもまちがいのもと。どのくれえあつく張ってんだろうって、その棒っきれであっちこっちつっついてたら、もともと深く裂け目がついてたとこをついちまったらしく、パカッとわれちまってよ、おれをのっけた畳六畳くれえのぶあつい氷の板、筏《いかだ》みてえに流れんなかにひきずりこまれてあっというまに岸辺からひきはなされちまった。ほんと、あっというま。

つよい追い風におされて流れにのっちまうとな、ま、あたりめえっちゃあたりめえだけど、まったくの無風状態のまんま、おれののった氷とそのしたの水はおんなじ速度で川下むかって移動してくわけだ。おれのまわりの世界はじつにおだやかに静止した平和な空間なんだな。すぐわきののっぺりした泥まじりの水に浮いてる木の枝や葉っぱなんか、きもちよさそうにのんびりゆる〲回ってる。ただ、うしろへとおざかってく両側の土手みてると、いまじぶんがとてつもねえ速さで川下に流されてんのだけはわかる。

体が空にずーんともちあげられたかとおもうと、つぎにゃずーんと川底にひきずり込まれてな、そんなことくりかえしながらしばらくきょろ〳〵しながら流されてたんだが、ふと前みると、はるかにしろっぽい水けむりが立ってる。ありゃなんだ？　ってえおもってるうちに、その水けむりのしたから、一筋、なんか絵本でみたような水平線みてえのがみえてきた。どうじにくぐもった音がきこえてきてな、それがだん〳〵おおきくなってちかづいてくる。
いつのまにか両岸におおぜいのにんげんがわら〳〵あらわれてきていて、みんなおれのほうをむいてるし、口に両手をあててなんかさけんでるやつもいるんだがよ、ちかづいてくる音にかきけされてなにいってんのかぜんぜんきこえねえ。ただ、とんでもねえ事態になってるにちげえねえことだけは、ガキのおれにもわかった。で、なんだなんだって泣きそうんなったときだったな、突然、のってた氷の板が、川の真ん中あたりにつきでてた岩にぶちあたってよ、こっぱみじん」
ト「大ケガしたか？」
師「氷が放射状に砕け散ったときに、衝撃力が分散されたんだろうな、おれはまったく怪我ひとつしねえで岩の表面に蛙みてえにへばりつけたんだな」
毛「あの、それでどうなったんですか？」
師「ヘリコプターがきて、たすけてくれたっけ。あとで知ったんだがよ、その岩からほんのすぐさきが、はばの広い滝みてえになってたんだな。あのまんま流されてたら、おれは氷にのっかったまんま滝底へ真っさかさまだったってえわけだ」
毛「聞いてて、なんかもの凄く疲れました。氷をそこらへんにおちてた木の棒で叩いたおかげで、えらい災難に遭ったんですね。貴重な体験談ありがとうございました。

茅葺きの茅よりさびし秋の颪

あらまあ、ちょっとした名句ですね」
ト「この句、とてもすきである」
毛「あまりにも決まり過ぎているところが、ちょっと恥ずかしい気もするんですが」
ト「ぼく、ぜんぜんはずかしくない。日本の田舎の空気を肌で実感できる」
毛「まぁ、師匠のとんでもない体験談のあとでこういう句を読みますと、たしかにすこしこころが鎮まりますけどね」

～お花見～

毛「きょうは戯れ句鑑賞会はちょっとお休みです。

今回われら三人、吟行をしてみましょうということで、ここ、お天気に恵まれました東京郊外の有名な桜並木通りにやってきました。道を挟んで両側ずらり満開ですね。この道をこうして歩いておりますと、青空がほとんどみえなくて、幾重にも被さってくる花びらの透き間からときどきその青い破片がみえるだけです。ほんとにびっちりと花だらけ」

ト「　**恐ろしや桜だらけで恐ろしや**　」

毛「トムさん、さっそく一句出来ましたね」

ト「日本人、なんでこんなに恐ろしいところにわざわざとおくからやってきて、みんなでぞろ〳〵あるいてるのか？」

師「どこが恐ろしいんだよ。おれぁきょうはもうたのしくって。お花るん〳〵お酒るん〳〵」

毛「トムさん、日本のお花見は初めてなんですか？」

ト「あっちに一本こっちに一本って咲いてるのはなんどもみたけど、こんなめちゃくちゃ咲いてるとこきたのははじめて。巨大な生き物にとりかこまれてるみたいで、きもちわるくなってきた」

毛「トムさんの故郷にはこのようなところはないんですか？」

ト「ぼくが知るかぎりでは、ない。それともうひとつわからないのは、なぜ桜だけがこういうおおさわぎになるのか？　ほかの花ではこういうことにはならない」

毛「まあ、梅の花なんかも多少こういうことにはなりますが、桜の比ではありませんものね。

たしかに桜だけは特別扱いされている気がいたします。天気予報なんかでも桜前線がどこまで来ているかやっていますしね。桜の花が咲くと、日本人全体に暗黙の連帯感みたいなものが行き渡る。老若男女問わず、日本人全員があたりまえのように微笑みに近い目配せを交わしあう。ただトムさんがおっしゃるように、なぜ桜だけがそうなんでしょうね？」

師「ぱっと咲いてぱっと散るから、それが日本人にゃあうけるんだって、よくきくけどな」

毛「でも、はかない一瞬の美しさを愛でる、それは日本人だけのものではないとおもいます。

それに、散っちゃっても来年の春にはまた咲くわけですから、はかない一生というイメージにも、よくかんがえればほど遠い。

それにいたしましても、さっきのトムさんの『恐ろしい』というご意見、はじめて耳にいたしました。青空のもとで栄養たっぷりの滴るような花びらをびっちり吹き出している光景は、たしかに恐ろしいといえば恐ろしい。不気味といえば不気味。

深い山の林のなかで誰にみられるわけでもないのにひっそりと一本咲いている桜だ

とか、新築一戸建ての庭先で小ぶりながらも世の中ぜんたいの桜にけなげに歩調をあわせてきちんと咲いている桜なんかとはぜんぜんちがいますね。

あッいっけない。浮かれておしゃべりばっかりで、俳句のこと忘れていました。さきほど、はからずもトムさんが一句つくられたわけですが、つぎはわたくしの句です。

雨戸引けば水吸いあげし桜かな

はじめに申しあげました『一年ほど前につくった句』というのがこれです。家の裏庭に桜の樹が一本あるんですが、ある朝、ひさしぶりに奥の間の雨戸をあけたとたん、びっくりするくらいの満開になっておりましてね。

処女作発表ついでに、きょうここで前もって申しあげておきたいのは『季語』のことなんです。この句にはたまたま季語が入っておりますけど、わたくし個人といたしましては、季語のあるなしは気にしておりません。季語を肯定するとか否定するとかではなく、気にしていないということです」

師「おれなんか気にするもしねえも、ぜんぜん知らねえ」

ト「俳句に季語というものがあることじたい、ついこのあいだまで知らなかった」

毛「まあ、三人似たり寄ったりといったところですね。ちょっと気が楽になりました。それにいたしましても、あらためておもうんですが、こんな三人を集めて俳句座談会企画された季刊雑誌の編集長、じつにおおらかというか、おおざっぱというか」

師「なにかんがえてんだろな」

毛「おそらくなんにもかんがえてないんじゃあないでしょうか。ま、われわれもなんにもかんがえずに引き受けたわけですから、おたがい様といえばおたがい様ですけどね。つぎの句は、ついさっきつくったわたくしの第二弾。

散る桜ちりぬるさくら薄荷糖」

師「ただの言葉遊びじゃねえか」

毛「たしかにある意味言葉遊び、語呂合わせです。でも頭韻や脚韻を踏む外国詩なんか読むと、ほとんどが言葉遊びの連続といえばいえますからね。日本の現代詩にもたまにあります。

二十一歳で行方不明になった東京生まれの詩人の『ひぐらし』という詩があります。

しのびよる蒼ざめたさざめきにめざめ
しのしのとふりはじめるひぐらしのこえ
はるか原始よりうけつがれてきたさみしいさだめのしぐれ
このだれもいない一画のすみずみにしみいろうとするつめたい虫の業である
秋のはじめのゆうぐれのひかりのなか
このうつろいやすいやさしい蒼白のなかで

しのしのと
しのしのしのとしめやかに焦心する木のうえの蜩ひぐらし

賛否両論あるとおもいますが、まさに言葉の音楽。わたくしは大好きです。まあそれにいたしましても、こうして歩いておりますと、色々ないい匂いがしてきますね。屋台もほんとに色々あって」

師「いま、あそこの蕎麦の屋台できれいな娘っこが蕎麦食ってっけど、即興で一句できたぞ」

毛「ではどうぞ」

師「『花見にて

蕎麦を呑むをとめの喉のくびれかな」

毛「いいですねえ。

師匠、きょうはなんかいつもとちがって生きいきしていますねぇ」

師「じつぁな、こないだの腸の内視鏡検査でなんともなかったんだよ」

毛「そうだったんですか。そりゃあよかったですね。再検だとお聞きしていたんで心配していたんですよ。わたくしも、それ一度やりました。検査そのものもいやですけど、前処置が大変なんですよね。前日の朝から流動食がちょっとだけで、あとはやたら水飲まされて、何度も下剤かけられて、すっからかんにされちゃう」

師「　**腸検査うすばかげろふとなりにけり**　」

毛「同感です。

トムさん、負けていられないですよ。さきほどから師匠とおんなじくらい飲んでいるんですから、酔った勢いで、景気づけにもう一句いかがですか？」

ト「恐ろしや桜だらけで恐ろしや」

師「よっぽどこええんだな。眼が寄っちゃってる」

毛「じゃあ師匠、もう一句いかがですか？」

師「これは、きのうやっぱここへ夜桜みにきたんだけどな、そんときのやつ。

腸壁をくぐるがごとき宵桜

両側にずらりと雪洞《ぼんぼり》ともっててな、そのあかりうけた花びらが、こう、うね〳〵朱色にかさなりあってどこまでもつづいてる。ほんと腸ん中にもぐり込んだみてえだったな」

毛「腸検査のときにみせられた内視鏡モニターテレビの映像がこころのどこかに残っていたのかもしれませんね。蕎麦の句とおなじく肉感的です。わたくしもやはり、きのうの夜、近所の林で一句つくりました。その林の中に一本、桜の木があるんです。

この闇に咲いているのか桜よさくら

ここみたいに雪洞なんかないし、月もたまたま雲に隠れてしまっていてほとんどなんにもみえなかったんですが、そのとき、ふとおもったんです。『そうか、桜の花って、こんな真っ暗闇の中でも昼とおなじように花をひらいているんだなあ』って。ただそれだけのことなんですけど、なにもみえない闇の中でも、そしてわたくしたちがぐっすり眠っているときでも、ちゃんとけなげに花をひらいているっていうのが、ちょっと感動的でした。いままで気がつかなかったことです」

師「臭ッせえとおもったら、こんなとこにこんなでっけえ糞が」

毛「なッなんなんですか、せっかく感動的な話しているのに」

師「犬の糞だよ。あったまくるぜ、まったく、酔いがさめちまう」

毛「そんなもの珍しくもなんともないじゃあありませんか。どこにでも転がっております。もうっ、きのうの感動が台無し」

師「でもよ。この糞で一句できたぞ。

花びらを頭にのせて犬の糞《くそ》」

毛「あれま、いいじゃないですか。花びらを頭にのせた犬の糞が一体なにをかんがえているんでしょうかね。ちょっとした禅の世界です」

師「便の世界」

毛「おっと、また地震《3・11の余震〜注》ですな。これ、かなり大きい。

師匠にならって即興の一句。

乳母ぐるま地震《ない》に踊れる春の午後

ふーっ、詠んだとたん、地震おさまりましたね。ほんとに何度もしつこい地震です。それにいたしましてもずいぶん歩きました。まだまだ桜並木つづいていますね」

師「地震もおさまったしよ、これを潮時にもうやめようや。あとはひたすら花見酒」

毛「そうですね。トムさんも、かなりお疲れのようですし」

ト「恐ろしやもうやだこんなの恐ろしや」

毛「桜まみれのあとに地震ですからね、無理もありません」

師「なにしにきたんだ、こいつぁ」

毛「では師匠、最後に一句、締めてください」

師「**道端にへたばりつきし落花かな**」

毛「ありがとうございました。きょうは、晴れて風もなく、桜も満開。絶好のお花見でしたね」

師「おまけに一句。

みあげれば良性ポリープばかりなり」

秋深き隣は何をする人ぞ

毛「先日のお花見、お疲れさまでした」
ト「二度とごめんください」
毛「きょうは、いつもの戯れ句鑑賞会です。最初の作品です。

開けやすき隣は何をする人ぞ

不用心な隣家を詠んだ句ですが、わたくしの友人のお隣さんがまさにこんな家だったそうなんです。ひとり住まいのお爺さんで、つい最近老衰で亡くなったそうなんですが、生前不思議だったのは、その家、朝から晩まで、お爺さんがいるときもいないときも、とにかくいっつも鍵を掛けず半開き状態だったこと。玄関も裏の扉も窓も、すべて半開きのまんまだったらしい。お通夜のとき、そのお爺さんが昔牧師をしていたことがわかったんですが、そのときはじめてみんな、異口同音に『あぁそうだったのか』と納得したんですって。家中鍵を掛けず半開きだったのは、つまり、来るひと拒まず、神への門はいつでも開けてありますよってことだったんだなって。
それでみんなして家の中の後片づけを始めたんですが、壁に掛けてあるかなり高価そうな額縁入りの絵が、どうしても壁からはずれない。絵だけじゃなくて、造りつけの棚に置かれたやはり高価そうな壺や花瓶なんかも、動かすことも持ちあげることもできない。変だなってよく調べてみたら、どれもこれも盗まれないように、強力な接着剤でがっちり貼り付けてあったんだそうです」

師「そんなてまひまかけるんなら鍵かけたほうがよっぽどはやかったんじゃねえのか？」

毛「嘘のような本当のお話。崇高なおかたのかんがえることってよくわかりませんね。

つぎの句です。『夜の定食屋にて』という前書があります。

秋深き隣は箸を擦る人ぞ

割り箸を割ったあと、それ、擦りあわせるひとすくなくなりましたね。あれって、いったいお行儀がいいことなのか悪いことなのか？　どちらにいたしましても、この句をじっくり読むと、深まった秋の夜ふけのあまり客のいない定食屋の店内に、箸を擦る音だけが響き渡っている侘びしさが伝わってきます。わたくし、ひとがひとりで黙々とものを食べているうしろ姿をみると、なぜかうる〱してくるんです。

腋臭き隣は何をする人ぞ

以前、電車のなかで、隣に座った上品そうな背広姿の紳士が凄く臭かったんですが、あれはほんとに厭だった。心底不潔な感じがいたしました」

ト「それが、草野球帰りのおじさんだったり、工事現場帰りのおじさんだったりすると、ああいいなあとおもう」

毛「そうなんですよ。むしろお疲れ様って感じになって嬉しくなります。腋の匂いで嬉しくなるのも変ですけどね」

師「いいなとおもうか、やだなとおもうかで、こちらがわのにんげん性もためされるわけだ」

毛「たしかにそうですね。芳香と感じるか臭気と感じるか。鼻腔に入ってくるものはおなじでもそれを区分けするのはこころの作業なんでしょうね。最後の句。

欲深きモナリザ何をする人ぞ

この句、よくぞ言ってくれましたって気がいたします。『モナリザ』って大ッきらい。評論家やいろんなひと、口を揃えて、画面全体に漂っている神々しい空気感、微笑みが発する深く気高い精神性の仄かな微光が素晴らしいっていうわけです。冗談じゃあない。わたくしなんか、あの表情からは、欲深くてずる賢い抜け目のない悪意に満ちた厭らしさしか感じ取れません。

モデルになった実在の女性が何していたひとかは知りませんが、すくなくともあの絵の中のモナリザは、ひとのいい金貸し亭主を背後からたくみに操る強欲な女房か、安宿でけなげに働いている親思いの薄幸の少女をねち〳〵といびりまくる底意地の悪い女主人か、さもなくば、近所のこどもを叱りつけるとき平手で打つと音がしてまわりに気づかれてしまうのでそっと路地裏に連れ込んでからその幼いふっくらとした頬っぺたをゆっくりくつねりあげる八百屋の後家女にちがいないんです、ぜったいに」

師「おもうぞんぶん決めつけたな」

毛「わたくし、幼稚園の頃、家の二階でおおきな分厚い本めくっていたら、モナリザの写真のページ開いちゃったんです。暗い風景背中にしょって物凄い悪意を送ってくる感じでこっちを凝視《みつ》めているんですよ。釣り込まれてこちらもついじっと凝視めかえしているとモナリザのまぶたがすっと窄まったんです。えっ? とおもったと同時に、喉の奥から『ひぇー』っていうじぶんの声があがってきて全身に鳥肌がひろがりましてね。

もう慌てて本ほっぽり投げて、階段かけ下りようとしたんですが、腰が抜けていたのか膝にぜんぜん力が入らなくて、けっきょく途中から一階まで転げ落ちちゃったんです。右足の小指折りました。怖いから『ひぇー』という声が出たのか、『ひぇー』というじぶんの声に怖くなったのか、たぶん両方だったんでしょうけど、ひらがなではっきりと発音したことをいまでも憶えております。わたくし、大事な一生の始まりかけに、あの女に傷ものにされたんです。悪魔です」

師「いまのあんたの顔も悪魔みてえだぞ」

ト「だが、そういわれればモナリザ、腋のした臭そうではある」

毛「ねッそうでしょ。むん〳〵匂ってきますよね。あの太り具合からするとかなりきつい体臭発しているはずです。神々しい空気感や仄かな微光をめっちゃめちゃにぶち壊してね。あー臭い。なにが謎の微笑、なにが永遠の微笑ですか。こっちとら微笑どころか爆笑です。あの薄ら笑いに、わたくしはどうしても高い精神性なんか見出せないんです。ってことは、描いたダ・ヴィンチ自身にもそんな高い精神性があったわけがないんです。それだけはたしかなんです。もし、そんな精神性があったら、もうちょっとちがう表情になっていたはずだからです。まちがいない」

師「えれえ頑固だな」

毛「もうどうでもいいんです。欲深女、いんちき女。とにかくモナリザ大ッ嫌い。おしまいッ」

古池や蛙飛び込む水の音

毛「　　閑かさや蛙飛び込む水の音　　」

ト「これは『閑かさや岩にしみ入る蟬の声』の『閑かさや』をわざとそのままもってきたということなのか？」

毛「それはまちがいないでしょうね。おなじ作者の作品の上五を取り換えるだけ。『こういう戯れ句、もじり句の方法もありますよ』ということを示したかったんでしょうね」

師「これはこれでけっこういい句だわな」

毛「おもしろそうですので、きょうは、ちょっとこの写本無視して、わたくしたちで芭蕉、どんどん混ぜあわしちゃいましょうか。この戯れ句みたいに『蛙飛び込む水の音』をそのまま使って、師匠、なんでもいいですから、つくってくださいませんか？」

師「　　夏草や蛙飛び込む水の音　　」

毛「いいですね。真っ青な空のもとで身じろぎひとつしない夏草の静と、一匹の蛙のひらりと光る動、そして気だるくも鮮やかな水の音」

師「これに生ビールと枝豆つけばいうことなしだ」

毛「こんな蛙をみていますと、こどもの頃のプール遊びを思い出しますね。頭から飛び込んだとたん、あたりの喧騒が一気に遠のいてっちゃって、聴こえるのはじぶんの鼻と口から吐き出される泡の音だけ。その泡が、頬や耳や首や胸やお腹を這ってゆくのがくすぐったくて、すごく気持ちよかったですね。あの、一瞬のシンとした孤独感」

師「そいでよ、そのまんま水中でクルンッてあおむけんなると、水面でお陽さまが巨大な海月みてえにゆら〳〵ゆれてんだよな。うひゃーってついさけんだら鼻に水がはいっちまって痛えの痛くないの、おおあわてで水面めがけてあがってったっけな」

ト「日本でも外国でもこどものころはみんなおんなじような体験してるようだ」

師「　　旅に病んで蛙飛び込む水の音　　」

毛「深夜、熱にやられて宿のせんべ蒲団であおむけに寝ていると、水の音が聴こえる。耳を澄ますと、それはじぶんの病んだ胸の水面に一匹また一匹と飛び込んでいる蛙の立てる水音なんですね。月光に照らされた水面に波紋がつぎ〳〵とあらわれては消えてゆく。それは、よくなってゆく兆候なのか、悪くなってゆく兆候なのか」

師「なんぼでもできる。

　　蚤虱蛙飛び込む水の音」

毛「旅中の晴れた朝、蚤虱だらけの安宿で目覚めると、板戸のすきまから光と一緒に、近くの池に飛び込む蛙の水の音が聴こえてくる。ぼんやりとした頭でその情景を眼に浮かべていると、旅の汗水にまみれたおのれのこころと体がひんやりと洗われるような気がしてくるんでしょうね」

師「どんどんその気んなって、

物いへば蛙飛び込む水の音」

ト「とつぜんおおきなひとりごといったら、蛙、たしかにびっくりして水にとびこむであろう」

毛「あ、こんなのはどうですか？　最初の句とは逆に入れ替えて、

古池や岩にしみ入る蟬の声」

師「これもこれでけっこういい句だわな。なんかわけがわかんなくなってきた」

毛「そうですね。『閑かさや蛙飛び込む水の音』にしても、この『古池や岩にしみ入る蟬の声』にしても、どこか悪いところがあれば指摘してみよ、といわれたらなんと答えていいかわからないですものね。芭蕉の代表句をひとつあげてみよ、って試験に出されたら、うっかりこのどっちか書いてしまうかもしれません」

師「採点するほうも、うっかり丸つけちまったりしてな」

～あらためまして～

毛「前回は寄り道しすぎてしまいまして。きょうはいつもどおりに戯れ句を味わっていきたいとおもいます。前回脱線してしまったので、原句は前回とおなじく『古池や蛙飛び込む水の音』です。最初の一句。

　　古池や蛙呑み込む水の音

古池が蛙を呑み込んでいるわけですかぁ、なるほどね。

そんな古池のほとりで野宿せざるをえなくなった日にはほんとうに怖いでしょうね。うとうとしたかとおもうと、闇の奥で古池がぴちゃりとなにか生きものらしきものを呑み込む。うとうと、ぴちゃり、うとうと、ぴちゃり。そのうちに池のへりが月あかりの中、音もなくこちらにのびてやがてじぶんを呑み込みにくるのではないかとおもうと、おそらく一睡もできないでしょう」

ト「きょうこれから、寝袋かついで山歩きにいくつもりなのであるから、そういうはなしはしないでほしい」

師「あっというまに池の底までひきずり込まれ、首や足首にながい髪の毛のような水草が絡みついてきたかとおもうと、池ぢゅうの蛭があっちこっちから群らがりよってきてトムの血を腹一杯吸いまくるんだな。トムの血でぱん〳〵に膨れあがったおびただしいかずの蛭がまんぞくげに泳ぎまわる青い水の底で、トムはあっというまに生きながらにして骨と皮だけになってゆく。太りすぎのおめえには、あんがい、いいダイエット法かもな」

ト「このじじいをなぐってもいいか?」

毛「殴ってはいけません。ありうる話なのですから」

ト「そういうことというあんたをなぐってもいいか?」

毛「殴ってはいけません。ありえない話ではないのですから」

ト「山歩き、とつぜん、やめることにした」

毛「それは残念です。じゃあ、きょうはどっかり腰を落ち着けてお酒にいたしましょう。つぎの句ですが、『八十年ぶりの幼稚園の同窓会』という前書がついておりまして、

カラオケや飲まず歌わず見ず知らず

これは無視します。つぎもまた『夕暮れの江戸川にて』という前書がついておりまして、

古糸やおかず飛び込む水の音

これも無視しちゃいましょうか? なんなんですかこれ。夕食のおかずにと、やっとなんとか一匹釣りあげたのに釣り糸が古かったために切れて逃がしてしまったとい

う、よくもまぁこんなくだらない句をつくったもんです」

師「そうかなあ。これいい句だなあ。このきもちおれぁわかるなあ。おれもときどき江戸川に鯉釣りにいくけどよ、たしかにうまそうに太ったやつがいるんだわ。甘っからく煮つけておきゃあ、一週間ぐれえまいんち食えるからな。趣味で釣りしてんじゃあねえんだな。夕飯がかかってんだよ、生活かかってる。バッシャーンってひろがるでっけえ波紋みつめて呆然とつったってるこの作者の姿、眼にうかぶなあ」

毛「だったらあたらしい丈夫な釣り糸買ってきて釣ればよかったんですよ」

師「だから毛利ちゃん、あんたは『作家先生』なんだよな。あたらしい釣り糸買う金がねえんだよ。古糸つかわざるをえねえんだよ」

ト「鯉って不気味。あの、鱗やお腹の色やかたちが中国の古い怪談みたいで気味悪い」

師「なにわけわかんねえことといってんだ、こいつぁ」

毛「いえ、なんとなくわかるような気がします。たしかに鯉のからだって、物語めいた山村の黄昏を孕んでいるような気配がありますものね。なんていうか、泳いでいる魚体まわりだけが大昔にタイムスリップしているとでもいうか」

ト「ほかの魚の鱗やお腹みてもぜんぜん気味悪くないのだけど、鯉だけはやだ」

師「だから煮つけちまえばいいいんだよ」

毛「最後の句です。

古池や蛙飛び込む水ノート

水彩画のような、明るくて素敵な句ですね」

師「これもわけのわかんねえ句だな」

毛「古池の水面を、水のノートと表現しているんですね。鏡のように静まりかえった池があちらこちらに大小さまざまな丸い波紋を浮かべている。よくみると、池のほとりの岩の上から、あるいは池にむかって伸びている樹々の枝先から、蛙が飛び込んでいるんですね。巨きな水のノートの上に、蛙たちが、それぞれのやりかたで嬉しそうに丸い波紋を描いている。

波紋はおだやかな春の陽射しを浴びてゆっくりとひろがり、やがて消えてゆくんですが、どこかでまた、あらたな波紋が立つ。おだやかに晴れた一日、たくさんの蛙たちが、古池にあたらしい生命をそそぎ込んでいる。いい句だとおもいます。それではトムさん、前回は師匠おひとりに詠んでいただいたので、きょうは最後に一句お願いします」

ト「　古家や買わずに住み込み雨の音

屋根が傷んでるから、雨の日は部屋中びちょびちょ」

師「だまってひとんちはいりこんでくらしてんのか？　不法侵入不法占拠でつかまっちまうぞ」

ト「あたらしい家たてるお金がない。山歩きのとちゅうでみつけたボロ家であるが、いまのところだれも文句いってこない。ただ、いつ『この家のあるじはおれだ、でていけ』っていうやつがやってくるかわからないので、屋根、なおしてない」

師「雨の日は家んなかでも傘さしてくらしてるわけだ」

ト「せっかくなおしても、おいだされてしまったら屋根瓦の代金むだになる」

毛「どうか無事にこのままやり過ごせればいいですね。

おかずが足りなくて夕暮れの江戸川でじっと釣り糸を垂れている師匠。家を買うお金がなくて山奥の廃屋で雨に打たれながらじっと息を秘そめているトムさん。

そんな、いままでわたくしとは縁もゆかりもなかったおふたりとお遭いできましたのも、俳句のおかげかもしれません」

枯枝に烏のとまりたるや秋の暮

毛「最初の作品。

カレンダーに黒丸つけたるや秋の暮

『友の訃報を聞いて』という前書があります。秋の夕暮れの書斎で、受話器を片手に、壁にかかったカレンダーの日付のところを黒いマジックペンで囲む。静かな作品です」

師「おれもしょっちゅうそういう報せもらうんだがな、お通夜のつぎの日に朝はやくっから遠出の仕事あるときなんかこまるんだわ。死んじまった本人にはもうつぎの日なんてねえんだからそれでいいだろうが、生きてるにんげんにいわせりゃあ、もうちょっとずらして死んでくれたらなとおもうわけだわ」

毛「でもこればっかりは本人にはどうしようもないことですからね」

師「それにしてもよぉ、お通夜ってえのは故人を偲ぶつどいなんだろうが、おれの知ってるかぎり、故人を偲んでるやろうなんかいままでみたことねえな。もちろんおれもそのひとりだけどな。

こないだだってそうよ。盆栽ずきだった故人の話題なんかがちらりとでてくることもあったんだけどよ、そのはなしがきっかけんなって故人のおもいでばなしになってゆくんかなあとおもいきや、これが盆栽づくりがいかにたいへんかなんて話のほうにどっとながれていっちまうんだな。で、あとはおきまりの持病の話。これがはじまりゃあ、もうえん〱あっちからもこっちからもじぶんがいかにたいへんな病人であるかの発表会。おたがいひたすら苦虫かみしめたように力説するのはかまわねえんだがよ、力説してるわりにゃあ、みんな『ま、そうはいってもこのなかでいちばん長生きすんのはおれなんだけどな』っちゅう、なんの根拠もねえ自信にみちあふれたツラしてんだわな。

そんなバカっぱなしのとびかうなか、もう健康管理も持病対策もカンケーなくなっちまってる当の故人はといえば、酒とたばこのにおいたちこめるわい〲ぎゃあ〲のかたすみの棺桶んなかで、ぽつんとあおむけにねかされて眼えとじてる。身内にとっちゃあ一大事かもしんねえが、よばれていく他人にとっちゃお通夜なんてもなぁ大なり小なりそんなもんよ」

毛「故人の死から眼をそむけたい、あるいは死そのものから眼をそむけたい、そういう心情もすくなからずあるのではないでしょうか」

師「たしかにそれはあるかもしんねえな。だからパァーッとやる。そいでよ、しばらくたってから、ふっと、ああそうか、やつはもうこの世のどこにもいねえんだなっておもうことがよくある」

毛「そうですね。死ぬって、いなくなることなんですからね」

ト「あたりまえのことではないか」

毛「あたりまえのことなんですが、わたくし、そのあたりまえのことに、親が亡くなるまでは一度も気がつかなかった。
つぎの句にまいりましょうか。

枯枝に鴉のとまりたるや足に釘

ト「アメリカならテレビ局が殺到するかも」
動物愛護団体から抗議文が舞い込んでくるかも」
師「読んでるだけでこっちの足の甲が痛くなってくるな」
毛「夕陽を背にして、枯枝の上で巨きな翼を必死でバッサ〳〵させている鴉の姿が眼に浮かびますが、誰がどうやってそんな上まで登っていって足に釘を打ちつけたんでしょうね」
師「でっけえくちばしやら爪やらでめっちゃくっちゃにやられながらの血みどろの大仕事ではあったろうな」
毛「釘打ったひと、鴉には相当ひどい目に遭ったんでしょうね。

俎板《まないた》に鴉のとまりたるや秋の暮

『1005号室』という前書。凄まじい作品ですね。おそらく、高層マンションの自宅キッチンで料理していたとき、近所の奥さんか誰かが来て玄関先に呼び出されつい長話になっちゃったんでしょう」
師「台所にもどってみると、床じゅうに魚の臓物やら血のついた包丁やらが散らばっててよ、窓しめわすれて風びゅん〳〵の調理台のまな板のうえにでっけえ鴉がのっかってたらそりゃあびっくりするわなぁ。そいつがからだをゆっさ〳〵上下させながらこっちを睨みつけてる」

毛「津波のような夕焼けを背後に従がえてね」

ト「犯罪現場」

毛「鴉って、どうしても悪いイメージが優先するんですが、なぜなんでしょう。全身まっ黒ってことが理由なんでしょうか？　でも全身まっ黒っていうのは、よくよくかんがえてみれば、かなり格好いいんですよ。ダンディ。
それでおもうんですけど、鴉ってもの凄く悪食雑食でしょ？　たいがいのひとが鴉に悪い不吉な感情を抱くのは、おそらくその悪食雑食という習性にたいしての無意識的な反応なのではないでしょうか？　もしも鴉が草食だったら、誰でもがにこにこしながら腕をさしだして止まらせるとおもいます。肉食だとしても、鷲や隼のように百パーセント純粋に自然界の小動物などを狩りして食べているのであれば、むしろその精悍な姿に憧れの念、畏敬の念すら抱いてしまうんじゃないかとおもうんです。ただただ悪食雑食ゆえに嫌われている。鴉にはなんの罪もないんです。よけいな先入観を極力捨てて、鴉の姿だけをみていると、ほんとに美しいダンディな鳥ですよ。
それにいたしましても『枯枝』を『俎板』に変えるだけで、まったくちがう世界があらわれてくるわけですから、やっぱり言葉っておもしろいですね」

塚も動けわが泣く声は秋の風

毛「肌寒くなってまいりましたね。きょうの原句は、ちょうど今時分の風景なんでしょう。では最初の作品。

ヅラよ動くなわが泣く額に秋の風

わたくしも師匠も、とりあえずいまのところは使用しておりませんが、かつらというものに並々ならぬ興味をもっていることは事実ですよね」

師「いちど、もらいもんつけたことあるけどよ、サイズあわねえから、裸電球に濡れぞうきんかぶせたみてえになっちまってよ、すぐやめた」

毛「かつらという単語をヅラと言い換えたのは誰だったんでしょう？　たしかに、暑い日、汗だくの禿頭からかつらをひっぺがすときなんかヅラッて感じでしょうし、なにかの拍子にヅルッてヅレルこともあるでしょうしね。でもわたくし、このヅラという言い方にはなんとなくおもいやりが感じられるんです。どこにかつらのひとがいらっしゃるかわかりませんから、この種の単語は、本来なるべく一瞬のうちにしかもぼかしをかけて言いたいのに、『かつら』と言ってしまうと、三つ別々の子音から始まるためか、発音するのにちょっと時間を要するし、響きもメリハリがありすぎてじつに聴き取られやすい。それにくらべると『ヅラ』なら、瞬時に発音できますし、なんとなく濁音で濁らせることによって言葉の輪郭をぼやかすことができるような気がするんですよ」

師「おれにはかえってトゲがあるいいかたのようにおもえるがな」

毛「でも、すくなくとも『かつら』というするどい単語のカドを丸くしようとするこころ遣いみたいなものが感じられるんですよ」

ト「ぼくのともだちで、まだわかいのにつけてるやつがいるのだが、ぼくだけに告白したそいつのはなしだと、つけてすこしかっこよくなったうれしさよりも、いつバレるかもしれない恐怖のほうがはるかにおおきいそうである。たかい金はらって恐怖の日々をおくってる」

師「とっくにバレてんじゃあねえのか？」

毛「たぶんバレてるでしょうね。たいていの場合、ご本人だけがバレてないとおもっている。

だから恐怖心が募るんでしょうけど、酷な言い方かもしれませんが、それ、こころの無駄遣いなんですよ。しかも、まわりが知ってて知らんぷりしてることに気づいていない。ご当人の気苦労もわかりますが、まわりのにんげんもそれなりにかなりの気苦労を強いられていることに、ご当人は気づくべきですね」

師「かつらってやつはかなり罪つくりなやつなんだな」

ト「そのともだちも、まわりのともだちも、もちろんぼくも、みんなくたくたになる」

毛「いっそのこと、バッハやヘンデルみたいなかつら被って『どうだッ！　立派なかつらだろ』ってやったほうが全員平和になるんじゃあないでしょうか。」

垢《あか》も積もれわれ棲む部屋は黴だらけ

相当汚いですね。わたくしも学生の頃、一度経験あります。風邪をこじらせてひと月ほど下宿で寝込んじゃったんですが、その間、朝の歯磨き、洗顔はおろか、風呂にも入らず、下着も替えず、もちろん掃除もせずだったんです。口の中は、もう黄色い鍾乳洞になっていましたし、腰までとどくねっとり光る長髪束ねて雑巾みたいに絞るとその絞り目ににっとりと脂が浮き出てきましたしね。下着の話は省略いたしますが、歩くと、肩や腕からちいさな薄いオブラートみたいな垢が花びらのように落ちるんです。黴で苔庭みたいになっている床のうえに、西陽を浴びた垢がひら〲と落ちてゆく光景はそれなりに美しかったですけどね」

師「おれの部屋のほうがまだましだわな」
毛「では最後の句。

つまみ寄こせと我泣く前へ柿の種

『給料日前　小料理屋のカウンターにて』という前書があります。でも、たとえ柿の種だけではあっても、給料日前で空酒飲んでお腹すかして泣きだしそうにしている作者におそらくただで出してくれたわけですから、この作者とこの小料理屋、けっこういい関係なんでしょうね。ここまでになるにはかなり長い月日を要したんじゃあないでしょうか。

わたくし、ついこのあいだ、初めての小料理屋に行ったんです。ちょっと高級そうなお店だったんで、そのお店の前、何度か往復してからやっと入っていった。さあ、入ったはいいけど、運がいいのか悪いのか、眼の前のカウンターの向こうに、予期していなかった飛び切り美人の女将がいるんです。おそらく三十台前半。客はわたくしひとりだけ。緊張感が一気に走りましてね。

わたくし、『この店は初めてだけど、この程度の小料理屋は慣れてるんですよ』という身のこなしで、まずはとりあえずさりげなく隅っこの席に座りました。

『値段なんぞ、だからもちろんぜんぜん気にしておりません』という感じも出しつづけながら、壁にかかっているお品書きと値段にゆっくりとおだやかに視線を這わせ、安いものはなるべく避け、高いものはもちろん避け、ちょっと高めかな？　ってくらいの、つまり女将がすこし『おっ』ておもうくらいの値段のものをみつけたもんですから、そこで初めてさりげなく女将と眼を合わせました。

あらためて女将を正面からみなおすと、最初ちらりとみたときの印象通り、背筋をすいとまっすぐに伸ばしたじつに佇まいのいい女性でした。

もちろん『美人には慣れてるんですよ』という感じを精一杯出しながら、そのちょっと高めの料理とビールを注文したんですが、店に入ってからその注文をするまでどのくらいの時間かかったのか、まったく憶えていないんです。かなり長時間だったようにもおもえるんですが、実際は、一分も経ってなかったんじゃあないでしょうか。大仕事でした」

師「ごくろうさん」

毛「なに注文したのか、それをどうやって食べたのかもまったく憶えていない。ひたすらビールを飲みつづけたことだけは憶えているんですけど」

師「なにしにいったんだ」

毛「ビール飲みに行ったことだけはたしかです」

ト「たかい金はらって恐怖の日々をおくってるかつらのともだちとおなじだな」

師「たかい金はらってこころのむだづかいしてるわけだ」

毛「それはともかく、かなり飲みましたもんで、だんだん身もこころもゆるんできちゃいましてね。ほかに客がいなかったこともあり、とつとつとためらいがちに語る女将の身の上話などに相槌うったりしているうちに、もうしまいには、すっかりリラックス。すっかり粋な御上客様になっておりました。ところが、どのくらい飲んだ頃でしたかねえ、さあそろそろ帰ろうかという段になりまして『お愛想してください』というつもりがね、ついうっかり『アガリにしてください』って言っちゃったんです。リラックスしていたつもりでしたが、やはりどこか緊張していて肩に力が入っていたんでしょうね」

師「じゃあ、おかんじょうしてもらうつもりだったのに、アガリ、つまりお茶がでてきちまったわけだ」

毛「そうおもうでしょ？　ところがどっこい。お茶、出てこなかった。ちゃんと勘定書が出てきたんです」

ト「なぜお茶がでてこないで、ちゃんと勘定書がでてきたのか？」

毛「そこなんですッそこなんですッ。内ポケットに手を入れながらいったわたくしのセリフ聞いて、するどくわたくしの本意を汲み取ったこころ優しい女将は、わたくしに恥をかかせまいと、じつにすばやくじつにさりげなく勘定書を差し出してくれたんです。その優しいこころ遣いが心底身に沁みると同時にもうもう心底恥かしくなりましてね。店にはいったときからとにかく恥をかきたくないという一心でなんとかやってきたのに、最後の最後で大恥かいちゃいまして、もう逃げるようにして店を出たのでありました」

ト「日本語はほんとうにむずかしい」

師「こんどその店いったときにゃ気をつけるこったな」

毛「二度と行きません」

蛤のふたみに別れ行く秋ぞ

毛「最初の作品。

いが栗のふたみに分かれ行く秋ぞ

なるほどねえ。これでもいいわけですね。ぱっくり割れたいがの中から実がはみだしちゃっている。蛤か、いが栗か。

花売りのかたみの轍《わだち》秋の暮

秋の夕暮れの道に、たったいま走り去った花売りの車のタイヤの跡が静かに残っている。すなおな作品です。それにいたしましてもわたくし、花の名前、まったくといっていいほど知りません。花の名前にすごく詳しいひとがいらっしゃいますが、そういうひとの眼に映る花の姿と、わたくしの眼に映るそれとはちがうんでしょうかね。先日、ずっと雑草だとおもっていた花がマーガレットという名前だということを知って、急に高貴な花におもえてきたんです。師匠のお名前が、一平ではなくてとん平だったとしてもそれほど変わりはないとおもいますが、純一郎とか英樹だったら、やはり師匠にたいするこころの構えかたがちょっとちがってくるとおもうんです。こころの構えかたがちがってくれば、当然、わたくしには師匠の姿、人柄がちがう風にみえてくるはずだとおもうんです」

師「芭蕉も、ちいせえころは金作ってなめえだったらしいな。松尾金作。さむい庭さきで鼻水たらしながら落葉はいてるガキだな」

毛「家の中から『金作ーっ、ごはんだよー』って声が聞こえてきそう。おおきくなってから芭蕉という名を名乗らなかったらどうなったでしょうね」

師「『松尾金作のおくのほそ道』。ちいせえタウン誌のコラムみてえだな」

毛「名前いかんでそのひとの姿、人柄がちがう風にみえてくるとするなら、みられているほうもいつのまにかそれに応じようとして、意識的にしろ無意識的にしろ、相手にたいしてそれなりの態度なり受けこたえをするようになるんでしょうね」

師「純一郎師匠、なんてよばれて、あこがれの眼ではなしかけられりゃ、おれ、酒たばこやめるかもしんねえ。着物も帯ももちっと上等なやつにしてな」

毛「松尾金作のまんまだったら、まわりのひとたちの評価は変わっていたかもしれないですね、どう変わったかは別として。芭蕉自身も、芭蕉と名乗るようになって、『芭蕉風』の生き方、『芭蕉風』の作品、そういったものをこころがけるようになったとしても不思議ではありません」

師「松尾馬生だったらどうなったかな?」

毛「師匠の良いお友達になってくれたかもしれませんよ。それではつぎの句にいきましょう。

『娘とふたりで』という前書があります。

あやとりの瞳に映れ窓の秋

ひとりあやとりもありますが、これはふたりあやとり。一本のあやとりの輪をたがいに両手の指でひろいあう遊び。作者が両の手の指に掛けたあやとりをさしだし、いままさにそれをひろいあげようと娘が両の手をさしだしてきている瞬間を詠んだ句ですね。

そのとき、娘のおおきくみひらいた瞳に、作者の背後の明かるい窓がくっきりと映ったんでしょう。すてきな作品です。原句とずいぶんかけはなれてしまっていますが、響きの似た言葉を探しているうちに、こんなところに来ちゃったんですね。

蛤をつまみに酔えば行く秋ぞ

蛤ってとても栄養バランスのいい食べものだそうで、酒のつまみにはかなりいいそうです。酒飲みって、あんがい体のことかんがえているひと多いんです」

師「おれぁちっともかんがえてねえがな」

毛「そういうひともたまにはいらっしゃいますが、でも、ほんとうに多いんですよ。かくいうわたくしも、そのひとりであります。

夜、お酒を飲むと肝臓に負担がかかります。その肝臓を守るあるいは造る最重要最優先的な栄養素はたんぱく質ですから、一日中食事はつねにたんぱく質を念頭において選びますね。

夜の酒へむけて盤石の肝臓造りをしておくわけです」

ト「たんぱく質ばかり気にしてたら、栄養かたよるのではないか？　それに肝臓のほかにもだいじな内臓たくさんある」

毛「いえ、肝臓さえ良ければいいんです。肝臓さえ良ければ死んでもいい、とさえおもっております。お酒飲みのほとんどはそうおもっているはずです」

師「おれぁそうおもっちゃあいねえがな」

毛「とにかく一番大事なのは肝臓であり、たんぱく質なんです。た、ん、ぱ、く、質。このT音とP音とが絶妙にからみあう響き。英語でも、プ、ロ、テ、イ、ン。やはりT音とP音とがからみあっております。これらの言葉の響きには、手の甲についたカタツムリのねば〳〵の粘液が乾いてゆくときのあのつっぱり感があるんです。肝臓のまわりについたたんぱく質の粘りが、やがてあたりの肝組織をひっぱるようにして皮膜化してゆき、最終的には肝臓そのものにゆっくり吸収され同化してゆく。肝臓をより丈夫な臓器に育ててゆくわけなんです。お酒で弱った肝臓をいきいきと再生させるのは、なんてったってたんぱく質の艶やかな粘りなんです。さて、そのたんぱく質を含んでいる食べ物の最高峰といえば、それは卵なんです。これに異議を唱えるひとはいないはずです。ここ四十年間毎朝、温泉卵二個、呑んでます。朝食はそれだけ。息止めて呑み込んで、すぐに濃いアイスコーヒーを流し込む。そうすれば、卵の生臭みが胃に閉じ込められて、あとは呼吸しても臭いが鼻にあがってこない」

師「卵、すきなのかきらいなのか?」

毛「大嫌いです。卵かけ御飯だけは例外的に好きですが」

師「よくもまぁ四十年間ものあいだ、だいきらいなもの毎朝呑みつづけてこられたもんだな」

毛「それは、とにかく卵はたんぱく質の王様だからなんです。肝臓の素だからなんです。朝の空きっ腹に半生状態消化抜群の温泉卵。完璧です」

師「で、かんじんの夜の酒んときはなにつまんでるんだ？」

毛「居酒屋なんかでは、ほんとは最初はすきっ腹でキューッとやりたいんですよ。そのほうがお酒おいしいし、なんてったって格好いいですからね。でもそれじゃもちろん怖いんで、まずは飲む前にしかたなく焼鳥なんかを二、三本とりあえず食べる。で、いやいや呑み込んだところではじめてキューッと生ビール、となるわけです」

師「おれぁ部屋で飲むときゃたいてい塩だけだな」

毛「最高に格好いい」

師「こんなごちそうつまみながら酒飲むなんてえのはこの座談会のときだけ。そういや、この蛤の吸いもん、うまかったな」

毛「歯がほとんどないのによく食べられましたねえ」

師「歯茎でぶちきり〳〵食ったからな、おわんの中、ぐっちゃぐちゃ」

ト「　**蛤のふためとみられぬ姿かな**　」

むざんやな甲《かぶと》の下のきりぐ〵す

毛「　スザンナやまぶたの上のキリぐ〵ス

『絵本』という前書があります。草原で昼寝している少女のまぶたのうえに一匹のキリギリスが止まっている絵。スザンナちゃん、どんな夢みているんでしょう。まぶたにあたるキリギリスの足のトゲトゲ感は、きっとなんらかの形で夢に影響あたえているんでしょうね。

夢の中で、誰かに追いかけられて逃げようとしても足がまったく動かない。どうしようもなくなって、とりあえず怪我した蛙みたいに両手だけを必死に地面につけて体を前進させようともがいているうちに眼が覚めること、よくありますよね。そんなときは、たいていうつ伏せに寝ている。夢の中で足が前に出ないのはそのためなんじゃあないでしょうか?」

ト「こどものころ、おねしょした夢みて、あさ眼がさめたらほんとにおねしょしてた」

毛「生身のじぶんの状態が、そのまま夢に反映されちゃうんですね。

ところが、どうかんがえても説明つかない夢ってのもあるんですよ。たとえばわたくし、津波に乗っている夢、よくみるんです。もちろん本物の津波をみたことは一度もない。

巨大な津波ののっぺりとした頂上で、わたくし、群青の大気に全身を曝して猛烈な向かい風を受けながら波乗りするように両の素足で立っているんです。左右へ遥かにのびている津波は白波ひとつ立てず、一本の艶やかな水羊羹のようにみえる。ただ、のっぺりとはしているものの、もう大崩壊がはじまりかけているのか、そのまろやかな波の頂上付近にちいさな泡が立ち始め、その泡が、海水に洗われてすっかり白くなった両足のうらをくすぐり始めている。眼下はるか前方には大きな街がじっとうずくまっていて、そのすべての通りには人っこひとり居ない。

で、夢はいつもそこまでなんです。それだけの夢なんですけど、なぜそんな夢をわたくしがみるのか？　いまもってわからないんですよ。つぎの句です。

むざんやな座布団下のキリ〳〵ス

キリギリス、中身全部はみでちゃってますね」

旅に病で夢は枯野をかけ廻る

毛「芭蕉篇はきょうでおしまいになります」

師「おれぁ、がらにもなく古典に興味でてきてな。いま、けっこういろんなもん読んでるな」

ト「ぼくも、この座談会のおかげでいろいろな日本の古典読むようになった。日本のひとたち、日本の古典むずかしいというけど、ぼくにとっては、むずかしいという意味では古典の日本語も現代の日本語もどっちもおなじくらいむずかしいので、現代語よりも古典語のほうがむずかしいということはない。だから日本のひとたちよりもあんがい古典にたいして抵抗感はない」

毛「あッそーか、なーるほどね。それ、気がつきませんでした。日本人は、古典を読むとき、ついいま使っている日本語と照らし合わせて読んでいくからかえってごちゃごちゃになるのかもしれませんね」

師「それによ、昔のむずかしいことばだとおもわねえで、どっか片田舎の方言だくれえにかんがえてお気楽に読んでればなんとなくなにいってんだかわかってくる。それほどむずかしいもんじゃあねえ」

毛「さて、いまも申しあげたとおり芭蕉はきょうで最後になりますので、その意味もかねてきょうの原句は芭蕉の最後の句、かんがえようによっては辞世句ともいうべき『旅に病で夢は枯野をかけ廻る』です。最初の作品。

たまに飲んでトメは枯野をかけ廻る

前書に『トメは今宵ひとり酒』とあります。察するにひとり住まいのお婆ちゃんだとおもうんですが、それにしてもなんで枯野をかけ廻っているんですかね」

師「よっぱらった婆あが夜の枯野かけめぐってたらちょっとこええな」

ト「あんたのかかあじゃあないのか？」

師「かかあの名前はトメじゃあねえ」

毛「戯れ句ですから、名前くらい自由に変えられますよ。ただこの句、暗い感じはなくて、むしろ明かるく可愛らしい雰囲気があるんですよね。たぶんあたらしく好きなひとでもできたんですね。それでときどきそのひとのことをおもいだすと嬉しくて嬉しくてついひとり酒やって枯野に飛び出しちゃう」

師「だったらやっぱりこれ、おれのかかあじゃあねえな。かかあはいまもっておれにほれてるはず。ときどきおれの町にあらわれるのも、おれに未練がある証拠」

ト「だったらなぜ家にかえってこないのか？」

師「そこがやつのかわいいとこ。はじらいというものをまだもってる証拠だあな」

毛「師匠の元奥さまは置いといて、このトメさん、やっぱり可愛い。老いても色気が枯れていない。そういえば『おくのほそ道』を読むかぎりでは、芭蕉の書くものには、色気がぜんぜんありませんね。『一家に遊女もねたり萩と月』にちらと女がでてきたりしますけど、そういうことではなく、つまり言葉自体に肉感的な艶というか体温がまったくない。だからこそ芭蕉なんじゃないか、と言われればそれまでなんですけど、やっぱり芭蕉を好きになるかならないかのひとつの分岐点ではありますね。言葉が二次元的で立体感がない。奥行きがなく、べたーっとしている。言葉それ自体の生命感がない。どうもわたくしの血肉の中にじかに沁み込んでこないんです」

ト「だからやっぱり旅行ガイドブック」

毛「たとえば、おなじ古典でも芭蕉よりはるか昔の清少納言の『枕草子』なんか、いま読んでもまばゆいくらいですよね。言葉のひとつひとつが感覚的だから、じつに立体感がある。艶も香りもぷんぷんしている。なにを書いているのかは二の次のことで、言葉それ自体が空間芸術になっている。

その点、芭蕉の文章は伝統工芸品的でじっと鎮座ましましていらっしゃる。それがいいとか悪いとか、いっているんじゃあないんです。そういう文学もあっていっこうにかまわない。ようするに読み手の人生観の問題になるわけですからね。ただわたくし個人としては、芭蕉の文章、生理的にどうしてもぴんとこないんです」

師「芭蕉、たしかにちょっとかまえすぎてんな」

毛「あとになって『軽み』なんてこと言いだしましたけど、『軽み』は唱えるものではなくて、実践するものだとおもいます、師匠みたいにね。つぎの句。『結婚式』という前書があります。

帯を解いて嫁は我もと食べまくる

たまにはこういう花嫁さんもいるんでしょうね」
師「なにかんがえてんだか。むかしゃこんなのいなかったけどな」
毛「なにかんがえてんだかっていえば、結婚式って『なにかんがえてんだか』のオンパレードですよね。大事な進行役任されているのに、とにかく受け狙いのおしゃべりばっかり並べている司会者。ほんとに腹立ちます」
ト「座談会の進行役まかされてるのに、だれよりもながながとじぶんのことしゃべりつづけるやつとおんなじ」
毛「座談会なら許されるんです。
それからあの、主賓スピーチというやつ。新郎にも新婦にもそれまで一度も会ったことのないらしいどっかの会社のお偉方がじつに親しげな様子で長々としゃべりつづけたあげく、じぶんの会社がいかにすごい会社であるかを得々とまくし立てたり。

それからあの、詩吟というやつ。きつきつでボタンの閉められなくなったスーツ姿のどっかのおやじがマイク片手に、新郎にも新婦にもなんの関係もない詩吟を、日頃のお稽古の成果を問う絶好のチャンスとばかり、終始一貫その場の空気を無視してうなりつづけたり。

それからあの、花嫁のお友達なんかが『おめでと、まりっぺ』なーんて、甘ったるい愛称で呼びかけながら、じぶんたちだけにしかわからないような学生時代のエピソードを並べているだけのスピーチ。あんなもん、結婚式のあとの友人同士の二次会でやれといいたい。

それからあの、生まれたときからいままでの写真なんかを延々とナレーション入りで映しつづけているのなんか、馬鹿丸出し。あんなもん、他人様にみせるもんじゃあない。

それからあの、親への花束贈呈。じぶんたちの結婚式で、なんで親に花束贈呈するのか？

それからあの、花嫁による、いままでお世話になった親への涙浮かべてのとぎれとぎれの切々たる手紙の朗読。

あーやだやだ。ただただ鳥肌立ちますね」

師「あんたのむすめが嫁にいくときゃ、じゃあそういうのぜんぶやめちまうのか？」

毛「ぜんぶ、しっかりやっていただきます。最後の句です。

雨も止んで夢は緑野をかけ廻る

前書に『ターシャ・テューダー作』とありますね」

師「ターシャ・テューダーってな、だれだ？」

毛「世界的な絵本作家であり、また自宅の手造りのおおきなガーデンでも世界的に有名なアメリカの女性です。九十三歳で亡くなられたそうですが、彼女の辞世の句のようです」

ト「うそにきまってる」

毛「とにかく花や樹や動物が大好きなかただったそうで、そういう光と空気に包まれて天寿を全うされたようです。嘘かまことかはわかりませんがいかにもターシャさんが詠みそうなこの句、『旅に病で』とはおおちがいですね。どちらも生へのつよいおもいを表現していることでは共通していますが、ターシャさんの辞世句には笑顔がみえる。芭蕉最終回ということでおふたりにお願いしたいのですが、いま、仮に辞世の句を詠むとしたら、どんな句になりそうですか？」

ト「　**ここはどこ？　わたしはだぁれ？　青い空**　」

毛「なるほど。それなりに深いですね」

師「　**サバを読んで歳をごまかし生きのびる**

やっぱ、かかあにひと目あうまでは辞世の句なんぞ詠めねえな」

〜閑話〜

編集長の机の上に一枚の葉書が置かれている。葉書の表にはなにも書かれておらず、ひっくり返すと、真ん中にたった一行『ふぁーあ』とだけ書かれている。達筆とはいえないが、けっして乱暴に書き殴ったものではなくひと文字ひと文字丁寧にゆっくりと書いていることがよくわかる。こんな出来事は初めてであり、タイミング的に「三人座談会」連載が始まった直後であることから、おそらくこの三人座談会への匿名投書なのではないか？　というのが、いまのところ編集者たちの一致した意見である。

春の海終日のたり〳〵かな

毛「きょうからは、お手元の写本にあるとおり、原句は与謝蕪村となります。きょうの原句は『春の海終日のたり〳〵かな』。

芭蕉のあとに蕪村を読みますと、長い冬のあとにやっとやって来た春の匂いが立ち込めて嬉しくなります。蕪村の句にはこの世に生まれてきたことの喜びと悲しみが満ち溢れています。

隣の伯父さんって感じもありますね。毎日顔をあわせているわけではないけれど、隣の家に棲んでいるんだなっておもうだけで、こちらの気分が穏やかになって浮きうきしてくる。そしてときどき、庭に面した障子の奥からくしゃみが聞こえてきたりしてね。最初の作品です。

春の海終日どたり〳〵かな

春の海関、なんだか弱そうなお相撲さんですね。稽古場で一日中投げられっぱなし。

朝の海秋桜《コスモス》ゆらりしなりけり

秋の朝の浜辺。どこからか風がやってきてコスモスをそっとしならせている。ちょっと前までの真夏の浜辺の喧騒が、いまは嘘のよう。たんに『コスモス』と書けばいいところを『秋桜』と書いてルビを振る。あんまりいい趣味じゃないですけど、この場合、しかたなかったんだとおもいます。『ゆらりしなりけり』という、ほそながい、たよりない、茎のようなひらがなのうえに、ルビ付きの『秋桜』という漢字をのせることで、花の姿態を出したかったんじゃないか、とおもうんです。

科《とが》のごと綾なすほたる〱かな

病み疲れたこころの吐き出したため息がそのまま蛍となって飛び交いはじめている。

冬の家終日ピシリ〱かな

冬晴れの乾燥しきった日なんか、たしかに一日中、家の柱や床がピシリ〱鳴っていますね。いまの家建てた当初は、そのたんびに全身の神経がピシリ〱切れそうでした。家がいまに裂け目だらけになっちゃうんじゃないかってね。ハウスメーカーに問い合わせたら、木が生きている証拠ですからぜんぜん心配いりませんって笑われましたけど、ほんとうにもう、家を建ててからの二年間くらいは、ほかにもどんなことが起きるかわからなくて、春夏秋冬、薄氷を踏むおもいの日々でしたね。

わたくしの家は、玄関ホールからはじまって、リビングダイニングルーム、キッチン、ピアノ室、二階の中央ホール、夫婦室、アトリエ、子どもひとりひとりの部屋、そしてトイレまで、ただひたすら全面ボーダーレスのフローリングなんです。それも黒にちかい深い茶色でかなり光沢もあるため、しーんとひそまり返ってもの凄い緊張感が漂っているんです。

ほんのちょっと埃が落ちても、ほんのちょっと疵がついても、ほんのちょっと水滴がついてもいやんなるほどくっきり教えてくれる。じつに異常なくらいに感受性の鋭い床なんです。

ですから、テーブルからグラスの水なんか零れ落ちようものなら、わたくしの脳裡にはすぐに『腐食』という言葉が浮かび、それにつづいて『崩壊』という言葉が浮かぶ。つねに最悪のシナリオが瞬時に浮かぶんです。

家が壊れるのが先か、じぶんが壊れるのが先か、そんな毎日を送っていたある日。リビングダイニングルームに入って来た妻の抱えているお盆から、一家六人分のナイフとフォークが滑り落ちたんです。二年目の冬の夜の事でありました。

一瞬の出来事だったんですが、六本のナイフと六本のフォークが、それもことものあろうに尖ったほうを下にして、つぎつぎとスローモーション映像のように落ちてゆくのを、わたくし、妙にしっかり凝視めていましたっけ。それにつづいて、コッこッこッこッこッという床に当たる音が派手に聴こえたときは、なぜか拍手したいような気分になりました。そして意識がふっとうしろへ倒れたところまでは覚えているんですけど、そのあとのことはまったく記憶にない。気がついたときには、床も、わたくしのこころも、ひたすら守り通してきた純潔を踏みにじられて、無惨な疵ものになっていたのでありました。いまでも、きのうの出来事のように憶えております」

ト「ぼくなんか、壁や床にむかってダーツやってる」

毛「じぶんの家じゃないですからね」

師「万年床のしたの床板なんざ、おれの長年の水分でちょっと抜けかかってる。ある朝めがさめたら土くせえ床下で寝耳にミミズ、なんてことんなるかもしんねえな。それもまた楽しみ」

毛「大家さんの家ですからね」

師「てめえの家なんぞ建てるから、びく〳〵暮らさなきゃなんねえんだよ」

毛「でも、もう大丈夫なんですよ。その日を境に、わたくし生まれ変わったんです。憑物が落ちたっていうんでしょうか、いろんなことがあんまり気にならなくなったんです。いまじゃ、リビングダイニングの壁紙で爪とぎしてる猫見ながら、コーヒー床にこぼしたり、換気扇も回さずにもく〳〵煙草吸ったりしてますから、しょっちゅう妻に叱られております。

それではここで蕪村さん歓迎会の意味も込めまして、一平師匠、一句お願いいたします。

師「江戸川の土手にねころんで蕪村読んでたらそのままうっかりねちまったもんで風邪ひいちまってな、昔の蓄膿がぶりかえしやがった。

鼻の膿《うみ》終日ぼたり〳〵かな」

毛「蕪村さんの初舞台、おもいっきり台無しにしていただきましてありがとうございました」

葱買うて枯木の中を帰りけり

毛「原句は『葱買うて枯木の中を帰りけり』。どこかほのぼのととぼけた味わいのある一シーンですね。大好きな作品です。では最初の作品。『終電車』という前書があります。

乗り越して枯木の中を帰りけり

お馬鹿さんですね。お馬鹿さんではありますが真面目なひとであることもたしかなようです」

師「酔ってのりこしたっつえば、おれも、中央線の終点高尾よくいったっけなあ。あと、いつだったか、夜、上野駅前の飲み屋のカウンターで飲んでたはずなのに、気がついたら、列車の窓のそとに朝の雪景色がきら〳〵流れてたこともあった」

毛「国境の長いトンネルを抜けると雪国であった。飲み屋を出たことも改札通って列車に乗り込んだことも覚えていなかったんですね」

師「のりこしだけじゃなくて、酒じゃいろいろしくじった。いつもんように夜中眼えさめてしょんべんいこうとしたら、よこに知らねえおんながでっけえ口あけてねていやがるんで、頭きてたたきおこしてきいてみたら、そこ、おれんちから十軒くれえはなれた家だった。朝飯ごちそうんなってけえってきたけどな」

毛「わたくしも、一昨年の忘年会の帰りに電柱にぶつかって前歯三本いっぺんに折っちゃった。住宅街の夜道、ひとりで歩いて帰ったんですが、とにかく、意識ははっきりと冴え返っているのに、どういうわけかふつうに歩けない。意志に反して上半身がひたすら右前方へ左前方へと大きくのめって倒れそうになるんです。そういうときは上半身が倒れてゆこうとする方向へかなりすばやく足を移動させなくてはいけないので、どうしても小走りになる。十二月の住宅街の夜道で、オーバーのポケットに両手つっこみ、鶏みたいに顔を前に突き出してあっちへトトトトこっちへトトトトひとりで運動会やっていたんですが、そのコースの途中にたまたま電柱が立っていたわけです。

口中血だらけになりながらおもわず辺りを見回したんですけど、とりあえず人影はない。どういう意味で言ったのかいまもってわからないんですが、なぜか『なめんなよ』ってつぶやいたのをおぼえております」

毛「とにかくお酒は控え目にいたしましょう。つぎの句にいきます。

師「酔ってるときってよ、どういうわけか『なめんなよ』状態になるわなぁ」

是非問うて枯木の中を帰りけり

誰でも若い頃は一度や二度、こういう経験しているんじゃあないでしょうか。友人たち同士で議論白熱したあと、ひとり帰り道、皆に是非を問うたじぶんの行動に酔っている。ま、若いうちなら微笑ましくもあるんですが、いい大人になってもそのまんまというひとがいる。マスコミにかつぎあげられたテレビのコメンテーターなんかに多いですね、正義の味方。建て前だらけ」

師「コメンテーターが本音ばかりいったらどうなるんだろうな」

毛「老人グループ冬山遭難救出現場からの報告をモニターで見ながら『えッ平均年齢八十歳？　いい歳こいて何かんがえてるわけ？　ま、何もかんがえてないからそんな軽装備で冬山登っちゃうんだろうけど。とはいえ、こうゆうお馬鹿ジジィお馬鹿バヽァたちがいるおかげで、ちょっと登山齧っただけのおれなんかにもこうしてテレビからおつぎ座敷かかるわけだから、あんまり文句はいえないんだけどね』とかなんとか。おつぎは『還暦クラス会』という前書があります。

ねぎろうて枯木仲間と帰りけり」

師「これ、ほんとわかるな」

毛「口惜しいけど、わたくしも。ついこないだも料理屋でクラス会あったんですが、終わって外に出たとたん、仲間のみんながたしかに枯木にみえました。クラス会の宴がはじまったころは、ひさしぶりの再会でおたがいかなり老けたことにびっくりしながらも、だんだんお酒が廻って、何々君、何々ちゃんなんて呼びあうようになってくると、すっかり昔に戻っちゃう。相手の顔の奥にある昔の顔に向かって話しかけている。当然、じぶん自身も昔の顔に戻ってその顔でしゃべっている。宴全体が大きく昔にずれ込んじゃっているんですね」

師「そいでよ、そのまんまえへら〳〵いいこんころもちで鼻歌まじりに表でてくとよ、そこにゃほんもんのわけえ連中がわんさかあるいてんだな」

毛「そこで、えッ？　て現実に戻る。戻った眼で仲間をみれば正真正銘の枯木ばっかり」

師「とくに毛利ちゃんくれえの年よりになりはじめのころってえのは、そのさかい目がわかんねえんだな。気がついたらいつのまにか年よりんなってる。それもじぶんできめるわけじゃなくてよ、ひとさまがきめてくるんだな。さからいようがねえ」

毛「で、なんか、さみしくなって、ねぎらいあいたくなって、このまま帰りたくなくなって、二次会やりたくなるんですね。誘うとみんな異議なし。よし行こうってことになる。みんな、おんなじ気分なんですね」

師「で、たいていカラオケ」

毛「『最近の歌は横文字だらけで歌いづらいなぁ』なんて言い訳しながら、たぶんその日までかなりひとりカラオケなんかで練習してきたらしい歌、じつに得意気に歌いだすんですけど、その歌がもうすでに二十年くらい前に流行った歌なんですよね」

師「泣けてくるな」

毛「ほんとにね。アップテンポで賑やかな歌を、リズム感悪く、必死に汗だくで歌っている姿をみておりますと人生の哀感がひしく〵と身に沁みてきましてね。みんないろいろなことがあったんだろうなあってしみじみとおもう一夜でありました」

寂として客の絶間のぼたん哉

毛「この原句、客足の絶えた牡丹苑の情景を詠った句である、という解釈もあるようですが、わたくしは室内の情景を詠ったものと解釈しております。ですから、きょうはそのわたくしの解釈を前提として話をすすめちゃいます。最初の一句。

寂として客の絶間の釦《ボタン》かな

来客同士の派手な喧嘩があったようですね。誰もいないしんとした客間の畳のうえに釦がいくつか転がっている。積りにつもった確執のぶつかりあいの果てに、残ったのは数個のちいさな釦だけ。そんな釦たちの可愛らしい表情が一種のユーモアを醸しだしていますね。

寂として大統領《ボス》の居ぬ間のボタンかな

これはもっとも醜い争い。全面核戦争。

席混みて連なる客の手酌かな

全面核戦争から一気にズームインして、居酒屋のカウンターですね。わたくしが昔よく行っていた駅前商店街の居酒屋。そこ、せいぜい十人くらいしか座れないカウンターだけの店なんですけど、満員のときでも客が入ってくると女将さんが裏口から椅子ひっぱり出してきてむりやり座らせちゃうから、もうぎっちぎち。肩をすぼめて全員両手をそろりと前に伸ばし、右手にお銚子、左手にお猪口、それを手首だけ動かして手酌することになるわけです。なんでここまでして飲むかなあ？と、ちょっと阿呆らしくなってくるんですけど、まわりをみると、みんなおんなじ風にやっている」

師「みんな、みえねえ手錠かけられたみてえになってるんだわな」

毛「やっとお酒をついでも、さあそのあとがまた大変。お猪口持った左手首をそっと内側に捻じ曲げるまではなんとかできるんですが、その格好のままで、なみ〳〵とついだお酒を零さずに口まで運ぶのはかなりむずかしいですから、どうしても口のほうから出かけていかなきゃならない。首をぐっと前にもっていって、唇突き出してやっとお猪口のへりにたどり着く。たどり着くにはたどり着くんですけど、首を伸ばしたまんまですから、ぐびりって飲むわけにはいかない。とうぜん啜り込むということになる。首伸ばした状態でお燗したお酒を啜り込むとどうなるか？　ほとんどのひと、噎《む》せます。両手に手錠かけられた格好で、みなさん、あっちでごほ〳〵、こっちでごほ〳〵。

日本酒ですらそれなんですから、ビール手酌しているひとなんか、もっと大変。飲んで空になったコップをすーっと前方に両の指先で押し出しては、ビール瓶の一番下のほうを両手で挟むように捧げ持ちあげてチョボ〳〵とそそいでいる」

師「なんとなくたちしょんべんしてるみてえな気になる」

毛「その店、特別お酒や料理おいしいわけでもないし、その女将や女の子たちだって特別美人でも愛想いいわけでもない。ところがいつ行っても満員状態」

師「たしかにどの町いっても、そういう店、かならず一軒はあるんだな」

毛「けっきょく、あの狭さなんでしょうね。むん〳〵としたごった煮のような狭さ」

師「せまくてみうごきできねえとわかれば、『じゃあじっとしてればいいんだな』って、みょうにあんしんできるんだわ。で、そうやって手酌でやってると、いいこんころもちでひとりっきりになれる。カウンターにゃ、ひとりっきりがずらーッとならんでる」

毛「みんなひとりっきりなんですけど、ひとりぼっちではない。妙な連帯感みたいなものが、店中に充満しているんですよね」

師「長屋ぐらしとおんなじ」

毛「お客だけではなく、女将さんも女の子たちもみんなおんなじ住人なんですよね。夜の舗道にその狭いごった煮の店から赤い光が洩れてくると、いつのまにやらみんな、誘蛾灯に吸い寄せられる虫のように集まってくる。

咳払いして客の絶間の鰻かな

出前の鰻丼が届いたとき、運悪く不意の訪問客が来たんでしょうね。で、大あわてでどこかに隠して、客が帰ったあとひとりでゆっくり食べたんでしょうけど、なぜか食べる前にコホンと咳払いせずにはいられなかった。この作者、可愛い」

師「おれなら、客のめのまえで食っちまうな」

毛「昼飯時に、なんの前ぶれもなくひとさまの家訪問するこの客が無神経なんですからね。

そんな客に遠慮することないんですよ。それとは逆に、ひとさまの家に不意に誘われてどう処したらいいのか、わからなくなるときがあります。

このあいだ連日猛暑がつづいていた夕方だったんですけど、ときどき居酒屋で顔をあわせるひとと道でばったり会いましてね。是非と誘われるまま彼の家にあがらせていただきアイスコーヒーをごちそうされたんです。暑くて喉がから〳〵のときに、美しい奥方から静々と眼の前に差し出されたうっすら水滴まとったグラスのアイスコーヒー、先方の心遣いに深く感謝いたしました。

でも、それでその日の晩酌の最初の一口が台無しになるかもしれないんですよ。迷いました。悩みました。そんなものを出してきた先方にちょっと腹も立ちました。ところが腹立ちながらも、ちょいと一口飲んだらこれがキンッキンに冷えてておいしいのなんの。けっきょく全部飲み干してしまったんですが、もうなんだか口惜しくってくやしくって」

ト「だったら飲まなきゃいい」

毛「だって喉、から〳〵だったんですから、しょうがないじゃありませんか」

ト「のどから〳〵のにんげんにキンッキンにひえたアイスコーヒーだすのはわるいことなのか」

毛「その場のおもいつきで、安易にアイスコーヒーを出す神経はやはりおかしい。

だってその友だち、わたくしの飲み友だちなんですから、わたくしが晩酌の最初の一口をいかに楽しみにしているか知っているはずなんです。わたくしが勝手に訪問したんならこちらにも非があるかもしれませんが、先方から強く誘ってきたんですよ。おなじ酒飲みであればすくなくとも、暑い日、晩酌が間近に迫った頃にキンッキンに冷えた飛びっきりおいしいアイスコーヒーをわたくしに出すことがいかに非常識であるか、わかっていたはずなんです」

ト「わかるようなわからないような」

師「さそわれたにしろなんにしろのこ〱友だちん家にあがってったあんたがわるい。てめえの流儀を崩されたくなかったら、てめえん家でじっとしてるんだな」

月《つき》天心貧しき町を通りけり

毛「きょうの原句、一見どうってことのない句なんですが、一度読んだらなぜか忘れられない大好きな句です。一行絵本。

寿司天丼貧しき町を通り過ぎ

『出前』という前書があります。たしかに、お寿司屋さんとか天麩羅屋さんとかの出前は、貧しい町なんか無視して通り過ぎちゃうでしょうね」

師「となりのお屋敷町にいっちまう。おれんちのほうじゃ、出前っちゃ蕎麦屋だけ。それもせいぜいが、たぬき蕎麦」

毛「そういえば、こどもの頃我が家で取るお蕎麦屋さんからの出前、たいていたぬき蕎麦でしたね。父も母も姉もわたくしも、みんなカレー饂飩が大の好物だったんですけど、カレー饂飩、高いんですよ。で、たぬき蕎麦。嫌いじゃあなかったけど、それほど好きでもなかったですね。ただ、『きょうは久しぶりに出前でも取るか。なんでもいいよ。なんにする?』っていわれると、かけ蕎麦っていうのも親のプライド傷つけそうな気がするから、ちょっと高いたぬきを頼むんです。すると父も母もほっとしたような、ちょっと照れ臭いような感じでにっこりして『じゃあ、みんなたぬき蕎麦でいいんだね』なんていって、電話するんですね」

師「ほんとはみんな、カレー饂飩食いてえのにな」

毛「ほんとはみんなカレー饂飩食べたい。でも、みんな、たぬき蕎麦大好物みたいな顔して全員一致でたぬき蕎麦を頼む」

師「むかしの下町のガキって、近所の爺いや婆あたちにけっこうもまれてそだってたからよ、がさつなようでいて、あんがいおとなのきもち知ってやがったな」

毛「ある意味、やなこどもだったかもしれませんね」

師「カレー饂飩でもなく、かけ蕎麦でもなく、たぬき蕎麦」

毛「届けられた丼の中の汁を吸った天かすが、親子四人の微妙なこころもちを無言で語っていましたね。ただ、月に一度、姉とふたりだけで銭湯に行く日があって帰りにそのお蕎麦屋さんに入るんですが、そのときだけはカレー饂飩でした。父と母が外出してしまって姉とふたりだけになる日が月に一度あったんです。
でも、なぜ月に一度そういう日が来るのか、わかりませんでした。
その後おおきな家に引っ越してからは銭湯に行くこともなくなり、いつのまにか父と母の外出もなくなり、ずーっとそのこと忘れていたんですけど、結婚して父親になり、こどもたちもあの頃のわたくしとおなじ年頃になっていたある日、ふと、なにげなくそのことをおもい出したんです。で、そのとき、突然気がついたんです。父と母は、月に一度、幼い姉とわたくしふたりを留守番させて、一体どこに行っていたのか?
かんがえてみれば、あの昔の家、襖で仕切られた六畳二間だけでしたからねえ」

師「きづくのおせえよな、毛利ちゃん」

毛「ほんとにね。かなり遅まきながらですけど、そのことに、はたとおもいあたったんです。

で、おもいあたったとき、体中が春のようにふわぁーっとひらきましてね。もうほんと、幸せ一杯になっちゃいましてね。あぁ、そうだったんだぁって。嬉しかったなぁ。父も母も、若き男であり若き女だったんですね。父と母をそういう角度からみたこと、それまで一度もなかったもんですから、もうほんと、嬉しくってうれしくって」

師「たぬき蕎麦たのむくれえのこころづかいできてたくせによ、そんなわかりきったこと、そんないい年んなるまで気がつかなかったわけだ」

毛「間抜けでした。いまは、その父も母も上野の不忍池の畔で静かに眠っております。

雪しんしん貧しき町に灯を点し

原句とはまたちょっとちがう味わいのある童画ですね。この句は夜の風景ですけど、何年か前の冬の朝、眼がさめて外に出たらたった一晩のうちに風景が一変しておりまして、まっ青に晴れ渡った空の下、街がすっぽり雪に覆われていたんです。街全体が発泡スチロール吹き付けた映画のセットみたいでしてね。作り物みたいで、人間臭がしないというか、清潔な虚空間というか、不思議な感覚でした。覆いつくした雪が、空中の物音を吸い取っちゃっている。玄関先に積もった雪が凍ってドアが開かない家もあれば、タイヤが空回りして身動きできなくなっている自動車もある。わたくしの家も風に吹きつけられた雪で窓が開かない。

そんな風景みていたら、なんとなく、ざまあみろって気になりましてね。街もにんげんも、たった一晩の雪で、たちどころに身動きできなくなってしまったわけですから、ざまあみろとでもいうしかない。じつにすがすがしい朝でありました。

春爛漫お花がただで咲いており」

ト「春、山歩きしてると、ほんとにあっちにもこっちにも、いろんな花がただで咲いてる。あんなきれいな色つけて咲いてる花、ほんとにただでみてていいのかなとおもうくらいにびっしり咲いてる」

毛「自然って、どれもこれもただなんですよね。野の花もただで咲いているし、鳥もみんなただで飛んでいる。生き物だけじゃない。海も山も湖もみんなただ。あのオーロラだってただなんです。オーロラがただだなんて信じられますか？　ただで、あんな夢のように光って夢のように揺らいでいるんですよ。自然界に存在するすべてのものたちは、われわれが眼をひらきさえすれば、いつでもどんなときでもただでじぶんの姿をみせてくれるんです。これ、凄いことです」

ゆく春やおもたき琵琶の抱きごころ

毛「与謝蕪村は、きょうが最後になります。『ゆく春やおもたき琵琶の抱きごころ』。読んでいるこちらのてのひらも仄かに汗ばんでくるような作品ですね。最初の作品。

ゆく春や冷めたき岩の夕ごころ」

ト「『夕ごころ』ってなに？」

毛「『夕ごころ』は『夕ごころ』なんです。説明のしようがないんです。その言葉を味わうしかない。もちろん、英語に翻訳することなどまず不可能でしょうね」

ト「ゆうごころ。たったの五文字なのにぜんぜんわからない」

毛「

平成の塵なき庭の静ごころ

『古社にて』という前書があります。散策の道すがら、歩みを停めてふとみると、古い神社の庭が塵ひとつなく掃き清められている。昔も、おそらく朝夕、神官たちが丹念に掃き清めていたであろう庭を、平成となったいまも、おそらく朝夕、神官たちが丹念に掃き清めているんですね。代々のひとびとのさりげなくくり返してきた習慣が、現代もじつにさりげなくくり返されている。昔のひとびとの眼にしたであろう庭が、いまもそのままの姿で、静かにそこにある」

ト「神社って、とても清潔なかんじがする。かわいていていてさら〳〵してる」

毛「ま、神社にもよりますけど、たしかに境内に入ったとたん木と石の世界で、さぁーっと体がきれいになる。で、背筋がきゅっとなる。神社ってそういうところなんですかねぇ」

ト「シンプル」

毛「そうですね。夾雑物というものがない。印象としてはすべてがまっすぐで、素朴。古代の風が吹いている」

ト「それにくらべて、お寺は、ごて〳〵してるし、なんとなくしめってるし、からだもきれいにならないような気がする」

毛「ま、お寺にもよりますけどね。でも、いわんとするところはなんとなくわかります」

師「線香のにおいのせいかな？」

毛「どうなんでしょうねぇ。線香の匂いがするとたしかになんとなく鬱陶しくなりますからね。すくなくとも、体がきれいになるって感じにはなりませんね。あるいは、神道と仏教のちがいが、その底にはあるのかもしれません。そのかわり、お寺のほうが入りやすいって気がしませんか？」

ト「するする。というか、神社って、清潔でシンプルなのはいいんだけど、しずかにじっとしてるだけで、むこうからすりよってきてくれない」

毛「色白の凜々しい美男子っていう感じでね。けっして冷めたくはないんですけど、声かけてもいいのかな？　って、ついおもってしまう。しかも、その土地にずんッと根を張っているから、こちらは他国者みたいなちょっといじけた気分になっちゃうんですよね。その点、お寺って、ふんわり愛嬌あります。

ゆく春やおもたき腹の抱きごころ

『身籠りて』という前書があります。この句読んで、妻が初めての子を身籠ったときのこと、おもいだしました。かなりお腹が目立ってきた頃、どちらからいいだしたかは忘れましたが、わたくしと妻ふたりだけの最後の旅行をしようということになって、横浜のホテルに一泊したんです。あまり遠出は無理なので横浜あたりがちょうどいい、ということでね。

翌朝の晴れわたった山下公園の、海に面したベンチ。

隣で両のてのひらをお腹にのせて眩しそうに眼を細めながらじっと海をみている妻の顔をみていたら、おたがいまったくの他人として別々の土地で生まれ育ってきたにんげんなのに、そんなふたりがいまここにこうしておなじベンチに座っているのが、じつに不思議におもえてきましてね。しかも、その妻のお腹にはふたりのしめしあわせの賜物であるひとりのこどもがずっしりと実在しているんですから、不思議以外の何物でもなかったですね」

師「かかぁ、いまどこにいるんだろうなぁ」

〜閑話〜

『だからどーしたの？』

また机の上に置かれていた葉書の全文である。

我と来て遊べや親のない雀

毛「きょうからは小林一茶です。芭蕉、蕪村、一茶と来たわけですが、三人とも俳号が植物なんですね。つい先日気がつきました。三人のこころの奥底には、やはり日本の草木が揺れていたんですね。もちろん、タイプはそれぞれ。芭蕉が、名前は知っているけれどまだ一度も顔をあわせたことのない学者肌のおじさんだとすれば、蕪村は、外ではたまにしか顔をあわせたことのない隣のおじさんであり、一茶は、道でしょっちゅう顔をあわせるけれど一体どこの誰なのかまったくわからないおじさんって感じですね。

一茶の句は、あかるいといえばあかるいんですけど、どこか底が抜けたような虚無的なあかるさですね。きょうの原句は『我と来て遊べや親のない雀』。では、最初の作品。

影踏みて遊べや親のない雀

『蕪村作』という前書があります」

師「うそにきまってる」

毛「でも、この戯れ句集の中には、地下に埋もれていた本物真作もまぎれ込んでいるかもしれないんです。たしかに蕪村ならこう詠みそうな気がいたします。雀が、地面に映るじぶんの影を踏みながらひとりで遊んでいる。その雀、親がない。原句は原句ですばらしい句だとおもいますけど、これもいい。

腹抱え笑えや骨のないスルメ

金網のうえで炙られてめくれ返っているスルメ」

ト「日本にきて、はじめてみたときびっくりした。ひらべったいおおきなスルメが、あっというまにちぢんで葉巻みたいにまるまった。居酒屋のカウンターの値段表には三百円とかいてあったのだが、あっというまに百円くらいになってしまった。すごくソンした気がしたのであった」

師「腹いれちまえば、ふやけてふくらんでまた三百円になるから、しんぱいねえんだよ」

毛「　**彼と来て並べや親の眼の前に**

『我が娘よ』という前書があります。わたくしにも嫁入り前の娘がひとりおりますから、ちょっと身につまされます」

ト「ジェフという、ものすごくまじめでものすごく正直でものすごく口数のすくないともだちがいるのであるが、恋人のさちこにつれられて、まだ一度も会ったことのないさちこのおとうさんに結婚のお願いにいった。ジェフ、おとうさんの待つ部屋に入るなりあぐらをかいて、たどたどしい日本語で『さちこをくれ』といったらしい」
師「たしかに外人に正座はむりかもな。で、おやじ、なんつった？」
ト「一時間くらい黙ーって腕くんで眼つぶってたものすごくまじめでものすごく正直でものすごく口数のすくないおとうさん、しずかに眼をあけると表情かえずに『いくらで？』といったらしい」
毛「そしたら、ジェフさん、なんと？」
ト「『ただで』といったらしい」
毛「そしたら、お父さん、なんと？」
ト『じゃあ、あげない』って」
師「で、ふたりはどうなった？」
ト「わかれた」
毛「　**ホラ吹きて腕組む舌のないグルメ**
テレビでも、こういう自称グルメが大きな顔して偉そうなことのたまわっていますね」
ト「このあいだ、グルメ番組によくでてる大学教授の家で『トム君、これ最高級のお茶だよ。これぞ日本茶』といって、じしんまんまんの顔でごちそうしてくれた」
毛「いかがでしたか？」

ト『せんせい、これふつうのお茶に味の素いれただけではないのか？』といったら、せんせい、庭みつめたままだまってしまった」

毛「トムさんの舌、正直だとおもいますよ。たしかに高級煎茶って味の素の味がするんです。お茶っていえば、よく、熱湯でいれてはいけない、いったんすこし冷ましたお湯でいれるほうが味も香りもより良くなるっていいますよね。たしかにそれはそれで結構。一理も二理もあります。でもね、わたくしにいわせれば、冗談じゃあない。お茶というものは、ぐらん〳〵に煮え立ったお湯で淹れたいくらか渋くなったやつを、ふう〳〵いいながら飲むのが一番なんです。いくら味が良くても、いくら香りが良くても、ぬるくなってしまったら、それはお茶ではないんです。ぬるい、というその一点で、お茶失格。

それにです。お茶の楽しみは飲むことにだけあるのではないのです。急須の中のお茶っ葉にお湯をそそぐこと、その行為自体もお茶の楽しみの中の重要なポイントなのです。

そのときにねッ、ぬるいお湯そそいでどうすんです？　おかしいじゃあありませんか。ぬるいお湯そそいで、お茶のエキス、出し切れますか？　出し切れません。熱いお湯をそそぐことで、はじめて出し切れるんです。その『出し切ったな』っていう満足感も、お茶をするときの醍醐味のひとつなんです。緑の茶葉が熱湯にほどけて、たっぷりと溜め込んできた茶畑の陽光を残さず出し切ってくれたときの、あの嬉しさ。だから、ぬるいお茶などというものは、それはお茶とはいわないんです」

ト「でも、テレビみてると、ほとんどのお茶グルメが、熱湯はだめといってる」

毛「だから、テレビに出てくる連中のほとんどは偽グルメなんです。この句の如き、舌のないグルメ。インチキ野郎なんです。騙されてはいけません」

師「酒なくなっちまったな」

毛「あ、すみません、気がつきませんで。トムさん、ちょっと仲居さん呼んで、お酒追加していただけますか？」

ト「アッツアツの熱燗がいいのか？」

毛「ぬるめの人肌でお願いします」

雪とけて村一ぱいの子どもかな

毛「きょうの原句は『雪とけて村一ぱいの子どもかな』。この直截的で無色透明なところが、まさに一茶節。最初の作品です。

雪とけて腹一杯の小川かな

雪どけ水で膨らんだ小川がゆったりと流れている。妻の実家の近くにもこんな小川があるんですよ。

どこかの森から流れてきたたくさんの朽木が岸辺のあっちこっちにひっかかってゆら〳〵している。水に洗われた朽木は、生木よりもはるかに清潔な感じがするんですね。無機質状態になっちゃっている。形のよいものを拾って帰って乾燥したやつ、いま、わたくしの書斎のニッチに飾ってあります。すてきですよ、森の贈り物」

ト「あのつめたい水は最高。朝、岸辺にいって、獣みたいに首のばしてじかにごく〳〵飲むと、からだぢゅうにしみわたって、なにもかもがすきとおってゆくのであった」

師「二日酔いなんぞいっしゅんにしてふきとんじまいそうだな」

毛「みあげれば、群青の空に一羽の鳥が飛んでいる。鳥には二日酔いなんてないんだろうなぁとつくづくおもう。

首もげて花一輪の徳利かな

『料亭にて』という前書があります。作者のほかにはまだ誰も来ていない座敷の床の間にシンと置かれていたんでしょうね。首が欠けてしまった徳利に一輪の花を活けた料亭の主人のセンス。高い商売道具をわざと割るはずはないでしょうから、うっかり倒したか、どこかにぶつけたかしたんでしょう。そのうっかりミスを逆手にとって、花一輪挿すことで徳利にあらたな命を吹き込んだセンス、すてきですね。床の間に置かれた花と徳利は、それ自体がひと筆描きの俳句のようです。わたくしの書斎の朽木のオブジェとおんなじくらいすばらしい」

師「それがいいたかった」

毛「それにくらべてあきれてしまうのが、あっちこっちでやっている前衛芸術と称する一連のオブジェ展。このあいだちょっと立ち寄った画廊でみたんですけど、床にのべた大きな円いガラス板のまん中へんに一冊の本の形をした鋳物のオブジェが置いてあって、その表紙の上に呪文めいた象形文字が彫り込んであるだけの作品なんですが、背後の壁にかかってた作品タイトルが『蘇える負性』」

ト「どういう意味？」

毛「かんがえるだけ無駄なんです。で、作品タイトルもおもわせぶりなら、入口でもらった作者自身の解説文もじつにおもわせぶりでして、読みほどいてみればどうってことのない内容を、おもいっきりむずかしい言葉とおもいっきりわかりにくい言い回しで表現している。そうすることで高級になるとでもおもっているんですかね」

師「わかりやすい表現だと、なかみのくだらなさがまるみえになっちまうからじゃあねえのか」

毛「正体バレないようにするには、とりあえずむずかしい言葉つかってわかりにくい言い回ししとけばいい。小林秀雄みたいにね」

ト「かんじんのオブジェはどうだったのか？」

毛「お粗末。作家本人は、しきりに難解なポーズとりながら前衛前衛と書いていましたけど、実物みると、びっくりするくらい幼稚に説明的に造形してくれているから、制作意図だけはじつにわかりすぎるくらいわかるんですけどね。

ま、入場無料でしたから、腹も立ちませんでしたけど。それにひきかえ、この句に登場した花一輪挿した首欠け徳利の景色のすばらしいこと。実物をみていないからわかりませんが、この句のすばらしさをおもえば、想像を裏切らない代物にちがいありません」

師「あんがい、おそまつなしろもんだったりして」

毛「　**牛鳴いて村いっぱいの陽射しかな**　」

ト「家のちかくに、こんな村がある」

毛「いいなあ。こんな村にひと月くらい暮らしてみたいもんです」

ト「いついってもなぜか野原は晴れわたってる。そして、この句とおんなじで、ときどき牛の鳴き声だけがきこえる」

毛「いいなあ」

ト「その村びとのひとりとともだちになって、いまでは、そのひとのいないときでも、かってに家にあがってお茶飲んだりしてる」
毛「いいなあ」
ト「このあいだもおひるすぎ、茶の間のちゃぶだいで、いつものようにひとりかってにお茶ごちそうになってたら、そとからめずらしくひとのはなし声がきこえてきた。ともだちがかえってきたのかなとおもってそとみたけど、だれもいない。晴れわたった村がみえるだけ。
声ははっきりきこえてるのにへんだなぁとおもって、もう一度よくみたら、かなり遠くのとなりの家のえんがわで、お爺さんらしきひととお婆さんらしきひとがお茶らしきものを飲みながらおしゃべりしているのであった」
師「そんな遠くの声がきこえるんか？」
ト「きこえるのであった。おしゃべりの内容のひとつひとつもはっきりときこえてくるのであった。東京へいってしまった孫のはなしをずーっとえん〳〵しゃべっているのであった」
師「遠くのえんがわで爺さん婆さんがずーっとえん〳〵しゃべってるのを、おめえは、ずーっとえん〳〵きいてたってわけだ」
ト「ききながらいつのまにかねむってしまったらしくて、かえってきたともだちがおこしてくれた。すっかりゆうがたになってた」
毛「いいなあ」
師「それにしてもよ、かってにひとさまの家はいるの、トムおめえ、ほんとにとくいだな」
ト「ぼくだけではない。その村のひとたちみんな、ひとの家にかってにあがってかってにすきなもの飲んで食べてる。どこの家もカギかかってない。それなのに、どろぼうにはいられた家、一軒もない」
師「ひとの家かってにあがってかってにすきなもん飲んで食べてるんだーら、それもりっぱなどろぼうじゃあねえのか？」
ト「ちがう。ひとの家かってにあがってかってにすきなもの飲んで食べてるけど、じぶんの家にひとがかってにあがってかってにすきなもの飲んで食べても文句いわないのであるから、プラス・マイナス・ゼロ」
師「おまわりにみつかったらどうすんだ？」
ト「その村、おまわりさんいない」
毛「いいなあ。

土砂降りに軒一列のおしめかな

今は紙おむつ全盛ですけど、たまにこういう光景眼にしますね。突然の夕立ちで、あわてて軒下に取り込まれた一列のおしめ。かんがえてみれば、にんげん、生まれたときも、終わりに近くなったときもおしめのお世話になる」

師「この世にうまれて、食って眠って出して、時期がきたら死んでいく。にんげん、単純なもんよ」

毛「最後の句です。

月満ちて幹いっぱいの痘痕《あばた》かな

雲間から皓々たる満月があらわれて太い樹々のでこぼこの樹皮に翳ができると、それが痘痕のようにみえるんですね。光を詠まずに翳を詠んだ」

ト「いままで、月がでていてもあまりみあげたことはなかった。日本にきてから、なぜか月みあげることがおおくなった。気がついたら、よく月みてる」

毛「無理もありませんよね。遠い外国からたったひとりで日本に来てらっしゃるんですから。こころがうつむいた夜は、なぜか、瞳は上をみあげるんですね。するとそこに月がある。

月は、ひとや獣や鳥や虫や魚たちの無数の瞳の奥から一直線に飛んでいったものを一身に引きうけてじっと浮かんでいる。地上に辛いこと悲しいことがふえればふえるほど、だから、月はどんどん光をましてゆくんでしょうね」

痩蛙まけるな一茶是に有り

その蛙跳ねるな一句出来るまで

毛「この作者、写生派の俳人なんですね。写生派ですから、対象物である蛙が跳ねてどっか行っちゃったら、なにも詠めなくなっちゃう。だから、そこの蛙、どうかじっとしていてほしい。つまらない句です」

ト「写真とるとき、ふだんはこの句のようにぼくのほうから風景にせまっていくのであるが、たまに風景のほうからぼくにせまってくることがある。そういう写真のほうがたいていいい」

毛「いい俳句というのも、そうなのかもしれませんね。ものを詠むのではなく、ものに詠まされる。そして、詠まされているのにもかかわらず、かえってそこに、はからずも作者の個性が滲み出ている。つくった句ではなくて、つくらされた句、つまり、生まれた句。

やせ我慢やけど覚悟のお湯加減

『昔の銭湯風景』という前書があります。昔の銭湯、わたくしまだこどもでしたから男湯女湯どちらかまわず入っておりましたっけ。どちらにも、こどもが主に入るちいさな湯船と、おとな用の深い大きな湯船が並んでいたんですが、その大きなほうのお湯がやたら熱いんですよ。その湯船の片隅に蛇口がひとつだけあって、ひねって水を出すとそこの辺りだけがかろうじてぬるくなるから、熱いのが苦手なひとはそのそばに身体を沈めているんですけど、たいていは、まわりのお爺さんたちから怖い眼で睨みつけられるんです」

師「あったりめえなんだよ。みんなきもちよくあつい湯へえってるのに、それわざわざぬるくするこたぁねえんだから」

毛「でも、あの熱さは尋常じゃなかったですよ」

師「それをがまんしてはいるのが江戸っ子」

毛「そのお爺さんたちも、みんなそういって、熟れたほおずきみたいな禿頭に太い血管浮かばせながら、ただもうジーッと眼を閉じて入っていましたけど」

師「からだうごかすと、この句じゃねえけど、やけどしちまうからな。それにしても、ちかごらめっきり銭湯すくなくなったなあ」

毛「まだやっているところもありますけど、お客さん、あんまり来ないみたいです。昔は、いつ行っても、洗い場ぎっちりひとで埋まっていて、肩ふれあうような感じで体洗っていたもんですけどね。洗い場から板敷きの脱衣場にあがっても、やっぱりそこもひとでいっぱい。

師「それながめながら、湯あがりのつめてえコーヒー牛乳をグーッと飲む」

で、みあげると、壁一面に極彩色の映画のポスターがずらりと並んでいる」

毛「ポスターといえば、あるとき、乳房丸出しの若い女のひとのポスターが貼ってあったことがありましてね。あの頃はそんなポスターまだあまり許されてなかったから、わたくし女のひとのはだかの写真、そのとき生まれて初めてみたんです。小学三年生のときでした。もう心底びっくりしちゃってしばらくは眼が釘付けになりましてね」

師「みてはならないものが眼のまえにある」

毛「そうなんです。禁断の秘密の淫ら図。そこ、女湯で、まわりには素っ裸の女のひとうよ〜く歩いているのに、そんなのぜんぜん興味なかった。懐かしい思い出です。

乗り換える駅まちがえてここに居る」

師「しょっちゅう」

ト「しょっちゅう」

毛「乗り換える駅まちがえてるのに気がつかず、そこからまちがった電車乗ってることにも気がつかず、まではいいとして、最後に降りた駅もまちがえているのに、歩き出してもしばらくのあいだそれに気がつかないことがあります」

師「地下街の駅なんざぁ外の景色みえねえからなおさらだわな」

ト「地下街ってだいきらい」

毛「ある日とつぜん大停電になったらとおもうと本当に怖いですね。じぶんの手の指先すらみえない墨汁のような闇の中で、そのとき初めて地下街が、怖ろしく広大な関東ローム層に取り囲まれていたことに気がつく」

師「こじゃれたあかるいカフェの奥の壁一枚はがせば、じつはそのむこうにゃ、何層にもつみかさなった関東ローム層がはるかかなたまでずーんとひろがってたっつうわけだ」

毛「ごめんなさい、話が脇道にそれちゃいましたが、この『駅まちがえてここに居る』って、笑えるような笑えないような。ひとつの人生論として読むとそれはそれで妙にリアリティありますよね」

師「まちがえておりた駅前で、いいおんなめっけたりしてな」

毛「そのいい女と、その街で暮らすことになるかもしれない。まちがえて降りた街がしあわせな終の棲み家となるかもしれない」

師「たまにゃぁぶらっと電車まちがえてみるのもいいかしんねえな」

毛「そういうときにかぎって、正しい行き先に、ぴったり定刻に着いたりして」

目出度さもちう位なりおらが春

毛「きょうも一茶です。最初の作品。
　　　見る度にチューしたくなりおらが孫」
師「孫、ほしいな」
毛「無理です」
師「こどもいねえが、孫だきゃほしい」
毛「わたくしも、とっくに孫のひとりやふたりいてもおかしくないんですけど、まだひとりもいない。やはり欲しいですね、孫。ただね、この句みたいに『うちの孫、可愛いでしょ』ってな感じで、自慢げに抱っこしたり、乳母車乗せたりして歩いている爺さん婆さんよくいるでしょ。あれ、馬ッ鹿じゃないのっておもいます」
ト「シットしてるんだ」
毛「そうではありません。じぶんたちがこんなにも可愛いとおもうんだから、ぜったい他人様も可愛いとおもうにちがいないとおもい込んでいるその馬鹿さ加減に腹が立つんです。こちらにしてみれば、通りすがりのよその家の孫、可愛いわけないのにね。

なかには、電車なんかで隣あわせになったりすると、なにを勘違いしているのか、抱っこしている赤ん坊の顔をしきりとわたくしのほうに向かせている馬鹿もいる。そういう赤ん坊にかぎって、たいていが蒸しパンに眼鼻なんです」

ト「やっぱりシットしてるんだ」

毛「そんなことはないといってるでしょうが。かりにほんのちょっと嫉妬しているとしてもですよ、それとこれとは別問題なんです。てめえんちの幸せはてめえんちだけでやってろっていいたいだけ。公けの道で、公けの電車ん中で、てめえんちだけの幸せおっぴろげてんじゃあねえんだよっていいたいだけ」

師「ずいぶんむきんなってるな。だいじょうぶか？」

毛「だいじょうぶです。ただ、ああいう恥知らずな爺いや婆あみていますと、ほんとうに腹が立って腹が立って。孫ができれば、そりゃあ可愛いでしょう。どんなにあやしてもにこりともせずによだれ垂れ流していようと、じぶんの顔のなかで一番嫌いな団子ッ鼻だけがものの見事に隔世遺伝されていようと、眼に入れても痛くないほど可愛いでしょう。無理からぬことです。でもね、それ、他人にとってはどうでもいいこと。そんな簡単なことに、いい歳こいてぜんぜん気がついていない。最低。下の下」

ト「じぶんに孫ができたとき、そういう爺いにはならないという自信、あるのか？」

毛「じぶんの孫の場合は、これは、また別問題です。

ひさびさに旬食らうなり里の春

『帰省』という前書があります。わたくし自身は田舎がないのでこういう経験ないんですが、でも妻の実家が山あり川あり湖ありの田舎なので、擬似体験だけはできるんです。

初めて行ったとき、なによりもびっくりしたのは水でした。アルプスの山々にたっぷりと貯め込まれていた水が、地下に潜り込んで、岩をくぐり、石をくぐり、砂をくぐり、樹々の根をくぐり、草々の根をくぐるうちにどん〳〵浄められ、それが、家々の蛇口までやって来ているんです。

妻の田舎のひとたちは、そのアルプスの水で、目覚めの水を飲み、顔を洗い、お茶を入れ、ご飯を炊き、お風呂を沸かして毎日暮らしているんですから、頭のてっぺんから足の爪先までアルプスの水でできているんです。それを不思議ともなんともおもっていない」

ト「旬のものといえば、信州にいくと、かならず新蕎麦食べる」

毛「信州行けば、ふつう食べますよね。ところが義父も義母もぜんぜん蕎麦食べない。みんなでドライブに行っても、ぜんぜん蕎麦屋には入らない。がっかりしましたね。ま、かんがえてみれば、信州人なのに蕎麦食べないのは変、って決めつけているほうがおかしいんですけど」

ト「ハンバーガーきらいなアメリカ人、スパゲティきらいなイタリア人、なんにんも知ってる」
師「さかな食えねえ漁師もいれば、やさいぎらいの農家の爺いもいる」
毛「　**逢いたさも中くらいなり君江ちゃん**
『五十年ぶりの同窓会』という前書があります。君江ちゃん、この作者の初恋のひとなんですね」
師「『会いたくもどこに居るなりおよねちゃん』」
ト「『この世のどこかあの世のどこか』」
毛「初恋、わたくしは八歳でした。いまのわたくしくらいの歳になりますと、この句、じつに身に沁みます。会いたい気持ちはもちろんあるんですけど、年取った初恋のひとに会うのは恐い。年取ったじぶんを初恋のひとに晒すのは、もっと恐い。幸か不幸かそのひとは同窓会にはいままで一度も来たことがないんですが、もし来たら、はたしてそのときは、再会の歓び、思い出の壊しあい、どちらになるのか？」
ト「ぼくの初恋、あんたとおなじ八歳だったけど、ずっとあわなくて、十八歳のときひさしぶりにあったらびっくりした」
毛「愛くるしかった少女が、それ以上に美しく成長している場合もあれば、がっかりするような姿に変身している場合もありますからね」

ト「彼女のばあい、もともとそれほど愛くるしくなかったのがさらに愛くるしくなくなっていたのであった」

毛「ま、なんにしても、同窓会っていつもなにがあるかわからないから、ちょっと恐いですね」

師「二十年くれえ前、かなりひさしぶりの同窓会やって、でっけえ丸テーブルかこんでわい〳〵飲んでたときだったたんだがな。おれが、『玄太っていう、ずうたいでけえだけで、いつもあおっぱなたらしてた頭からっぽのやつ、おぼえてっか？　なきさけぶかかぁとガキほっぽらかして、どっかいっちまったってまでのはなしは、かなりめえにきいてたがよ、こないだきいたはなしじゃ、そのあともてんてんとあっちこっちほっつきまわってるうちに、わるいおんなにひっかかって、おまけにわるい病気までもらっちまって、さいごにゃすってんてん。もー、ばかまるだし人生。いま、どこでなにしてんだか、だれも知らねえらしいがよ、たぶん死んでる』って話してたらよ、おれの横にすわってた爺いが、その玄太だった。眼も鼻も、たるんだシワのおくにうまっちまってるし、からだ、ほしたエビさらに火であぶったみてえにちぢんじまってたから、ぜんぜん気がつかなかった」

ト「なぐられたか？」

師「みんなといっしょんなってけら〳〵わらってやがったんで、よくみたら、補聴器のスイッチはいってなかった」
毛「師匠たちの同窓会ともなれば、もうなんでもありなんでしょうね」
師「スイッチはいってたとしてもよ、たぶんけら〳〵わらったんじゃあねえかな。もうどーでもいいんだよ。あんたのいうとおり、もうなんでもあり」
ト「およねちゃんに、もしあったら、どうするのか？」
師「どうするもこうするも、おたがい『あらまぁ』でおわりだろうな」
毛「あんがい火がついたりして」
師「火ついても、油っけぬけてっから、すぐきえちまうな」
毛「でも、こればっかりはわかりませんよ。油っ気抜けてるってことは、パサパサに乾燥してるってことですから、これはこれでよく燃える。最後の句です。

出目金魚ひらきっぱなしで昼寝かな

出目金さん、ひんやりとした水の中で大きな眼をおもいっきり開いてお昼寝している」

師「あの出目金の眼ん球だけは、たしかにうらやましい。おれの眼なんぞ、近眼と老眼と白内障と黄斑変性と眼ヤニで、もうぐっちゃぐちゃだからよ、ときどき、眼ん球ひきずりだして、キン〳〵に冷めてえ川の水ん中で、ぬめり、きれいさっぱり取りまくりたくなる」

毛「ぬめりが取れて、指でこするとキュッ〳〵音するくらいになった眼球をもとの眼窩に収めたとき、どんな風景がみえるんでしょうねぇ」

ト「あかんぼうがみてる風景とおんなじ風景かもしれない」

師「それはそれとしてよ、この句みてえに、出目金魚、ほんとに眠えあけて眠るのか？」

毛「そうらしいですね。というか、そもそも魚にはまぶたないそうです。だから、どんなときでもつねに開きっ放し」

師「金魚鉢の出目金、ちかごろあんましみかけなくなったが、路地裏にやってくる金魚売りもむかしばなしになっちまったわなぁ」

毛「でっかいリヤカーをさらにでっかく改造したみたいなやつに、ガラスの金魚鉢をいっぱい載せてよくやって来ましたね。金魚鉢の水がどんなにたっぷん〳〵揺れても、中の金魚たちはどれも平気な顔してのんびり尾ひれ動かしているのがなんともいい感じでした。炎天下の下町の路地裏に突然、金、銀、赤、白、黄、黒さまざまな色彩が花のようにゆら〳〵やって来てあたりに水の匂いを撒き散らす光景は、まさに夏到来って感じでしたねぇ」

師「そのむこうから、これまたリヤカーの氷屋がやってきて、でっけえノコギリでしゃっか〳〵氷きりはじめるんだよな」

毛「おおきなぶあつい氷の板を、売るとき家庭用に小分けするんですよね。ギザギザの刃のほうでとちゅうまでしゃっか〳〵やっていって、こんどはその刃を裏返して、つまり刃の背のほうでコーンとやると、あら不思議、パカッときれいに割れる。切り口は、だから上半分が曇りガラス状で下半分が透明ガラス状になっているんですけど、でもよくみると上から下まで真っ平なんですよね」

師「そんとき、氷のきりくずがけっこうでるんだが、それ、ただでくれるんだな」

毛「すんごい得した気分になりましたね」

やれ打つな蠅が手を擦り足をする

毛「小林一茶、きょうで最後です。では、最初の作品。

それ喰うな蠅が手を摺り足をする」

ト「ママがつくりそうな句」

毛「そういえば、トムさんのママ、この一茶の原句に腹立てていましたっけね」

師「食いもんにハエたかってるくれえ、どうってことねえ。むかしの駄菓子屋なんぞ、ひでえもんだったな。はいってったらだれもいねえから『おばちゃーん、くずもちおくれー』ってでっけえ声でよんだらよ、おばちゃん便所からあわててでてきたかとおもうとそのまんま手もあらわねえで、しめったわりばしにくずもちぺろんとはさんで皿にのっけてだしてきて、それにきなこぶっかけて黒蜜たらして、そのあと指についた黒蜜ぺろ〳〵なめていやがった。もちろんあたりにゃ、ハエなんぞ、あたりめえにとんでたもんだ」

毛「蠅取りリボンってありましたね。ベト〳〵のべっこう色した粘着液がたっぷり塗ってある細長い短冊状のやつ。どこの店行っても、天井から何本もぶら下がっていましたっけ」

師「かぞえきれねえくれえのハエの死骸がびっちりはりついててよ、もう、黒い棒みてえになっちまってるやつを、いつまでもぶらさげてる店もあったな」

毛「犬か猫に食い殺された鼠のその引き裂かれた内臓に蛆がびっちり湧いている光景、けっこう眼にしましたね。おびただしい蛆がわら〳〵身を捩っているから、鼠の死体も微かに動いているんです」

ト「南米でだったかアフリカでだったか、蛆たべるひと、みたことある。やいて食べるひともいるのだが、なまのまま食べるひともいた」

師「たしかにあれ、きれいに水あらいして醬油ぶっかけてずる〳〵すすりこんだら、あんがいうめえかもしんねえ」

毛「たんぱく質の塊り。ほんとに蠅も蛆もあたりまえにいたあの頃のことおもえば、いまの世の中ちょっと神経質になりすぎていますね。誰もかれもが清潔志向、誰もかれもが健康志向」

ト「ママなんか、部屋に一匹でもハエがとんできたら、眼つりあげておごえはりあげて、殺虫剤ふりまきまくる。そのあと、殺虫剤がしみこんでしまった部屋じゅうを、すみからすみまでふきまくり、そのあとシャワーでからだじゅうあらいまくる。だから、部屋はいっつもひっかひか。ママはいっつもひっかひか」

師「あたまんなかもひっかひか。きれいさっぱりなんにもねえ。ハエ一匹いねえ、ホコリひとつねえ部屋で、無農薬野菜ばっかり食ってりゃいい。きれいなからだでひっかひか。病気知らずで餓死すりゃいい」

毛「それにいたしましても、あの頃、あんな大雑把な生活環境だったにもかかわらず、わたくし、お腹壊したこと一度もなかったですね」

師「バイキンも、こっちがびく〳〵してっとつけあがってわるさするがよ、こっちがはなっから無視してたもんだーら、よりつきもしなかったんじゃあねえのかな」

毛「そういうことだったんでしょうねぇ。科学的根拠ぜんぜんないですけど、結果をかんがえてみると、どうもそういうことになりそうですね。

鈴《りん》打てば赤子手をふり足をふる

鈴たたいて、亡くなったひとにご挨拶したら、仏壇のそばで寝ていた赤ちゃん、手をふり足をふりしてこたえてくれたんですね。鈴の音が、あの世とこの世に同時に響き渡っちゃった」

師「やっぱ孫ほしいな」

毛「　**やれやれと窓が眼をとじ幕をとじ**

長い一日が終わり、あちらでこちらで窓が閉じられ、部屋のカーテンが引かれる。街の夜景みていて、いま、この地上の建物や家具がすべて透明になったらどうなるんだろうっておもうことがあるんです。空中にひとがいっぱい浮かんでいて、よくみると、誰もがみーんな体を水平にして寝ている。大人も子供も誰も彼も、みーんなそれぞれの高さで、水平に、プランクトンみたいに浮かんですや〳〵寝息を立てている。月に照らされて、街全体がひとつの巨大な青い水族館になっちゃっている」

師「ひまじんの妄想」

毛「わたくしの家の隣のちいさな可愛い兄妹も、わたくしとおんなじくらいの高さのところで、それもあんがいすぐ近くのところでふたり仲良く浮かんで寝ている。建物や家具を取っ払ってしまえば、あんがいそんなところで寝ている。

冬の海蛸が手を攣り足を攣る

あまりの水の冷たさに、さすがの蛸も手足攣っちゃった」

ト「どれが手で、どれが足なのか？」

毛「それ、あまり気にしないでいいとおもいます。とにかくあの八本のぐにゃ〳〵がピイーンッて攣っちゃった。手足ピーンと突ッぱらかしたまんま、深海めがけて人工衛星みたいに潜ってってちゃったんでしょう。

この句、文法的には『冬の海蛸の手が攣り足が攣る』が正しいのかもしれませんね。でもそれだと蛸ちゃんの『困った感』が出ない。『ある感じ』を出したいとき、ときによっては文法を無視したほうが、その『ある感じ』がうまく出る場合もある。

文法の無視とはちょっとちがうんですが、こちらのいうことを正反対の意味に捉えられちゃうことがあります。先日のレストランでのことなんですけど、ひと通り食べおわった頃、若いウエートレスさんが水差し片手にそばへやってきて『お水のおかわりいかがですか？』と聞くもんですから、もういらないんで、『あ、結構です』と答えたら、にっこり笑って、わたくしの眼の前の空になったコップにじょぼ〳〵そそぎはじめたんです。笑顔のまんま、黙ーってそそいでいる。つまり若いウエートレスさん、わたくしの『結構です』という言葉を『そそいでくださって結構です』いう風に受け取ったらしいんですね」

師「あと十年もしたらどうなるんかな？」

毛「言葉のニュアンスがどんどん変わってゆけば、とうぜん言い回しとか文法もどんどん変わってゆかざるをえない。わたくし自身は、昔からの言い回し、文法のほうがこころにぴったりおさまることが多いですし、そういうものはいつまでも残っていって欲しいなと、つねづねおもっております。すくなくとも、じぶんはそれを大切にしてゆきたいなとおもっております。でもね、時代が変われば、言い回しも文法も変わってゆくのは、これはとうぜんの成り行きであり、自然なことだともおもうんです。ただ、どんなに言葉が変化しようと、たとえば文学作品なんかでもそれを発するひとのこころと感性がぴっかぴかでさえあれば、その作品はかならずひとのこころを打つんじゃあないでしょうか」

ト「一茶の句なんか、いまのぼくにも、それなりにわかるような気がする」

毛「それは、一茶のこころ、感性が、無垢だったからなんでしょうね。そういうものは残る。一茶の生の声は、いまでも言葉や文法のしがらみを破って、生き〱ぴち〱はみ出してくるような気がするんです。あ、気がつきませんで。師匠、お酒おつぎいたしましょうね」

師「結構です」

～閑話～

『あいうえお　かきくけこけこ　さしすせそ』

また机の上に置かれていた葉書の全文である。

朝顔に釣瓶とられて貰ひ水

毛「『朝顔に釣瓶とられて貰ひ水』加賀千代女。女流俳人の登場です。千代女作とされている句の中には、じつは他のひとの作品だったというものもあるそうですが、きょうはそれ、無視してすすめていきたいとおもいます。では、最初の作品。

朝かおに光つどひて夢溶けて

朝顔を、朝と、かお、ふたつに分けた。朝、窓の外からちら〳〵零れてくる木洩れ陽が顔に纏わりつくもんだから眼が覚めちゃったんですね。いつもこんな風に朝の目覚めが訪れてくれたらすてきですけどねぇ」

ト「ぼくもときどきこんな朝がある。まっ青なみずうみの底でおおぜいのともだちとゆら〳〵遊んでるところを突然ぼくだけが何者かにぐーんとひきあげられて水面につれだされる。『なにするんだよッ』て眼をこするとそこは朝陽さしこむ二階の部屋のベッドの中」

毛「結構なお暮らしですこと。わたくし、朝陽が顔にあたって夢から覚めるなんて贅沢な経験ありませんでしたね。
小学生のとき、夏休みなんかは、すこしでも早く起きてすこしでもたくさん遊びたいのに、雨戸閉め切られているから朝になっていることに気がつかず、寝過ごしちゃったことがある。あれ？　っとおもって眼をこすってみると、部屋の中は薄暗いけど夏の熱気が立ち籠めているので、すでに朝が来ていることはっきりわかるんですよ。庭に漲っている朝の強い光が、閉め切った雨戸の縁《へり》からチリ〳〵と漏れてきている。その向こうで、近所のおばさんたちの立ち話の声がしている。大事な夏休みの朝を寝坊しちゃったもんだからもう半べそかきながら、腹立ちまぎれに雨戸をおもいっきり引き開けると、圧倒的な夏の光が雪崩れ込んできましたっけ」
師「夏休みにあさねぼうすると、たしかにものすごくソンした気になったわな」
ト「とくに天気のよい日は、とてもソンした気になる」
毛「　　**朝顔をしんと映して盥水《たらいみず》**
　ひとのいない路地裏の盥の水に朝顔が映っている光景、昔よくみましたね」
師「ちかごろは、盥、みかけなくなったな」
ト「たらいってなに？」
師「せんたくもんあらったりする、洗面器のでっけえやつ」
毛「木の盥もありましたけど、わたくしがよくみたのはブリキのやつ。近所のおばちゃんたちがぺちゃくちゃおしゃべりしながら地面にしゃがみ込んで、盥に突っ込んだ洗濯板のうえで、パンツやらシャツやらごし〳〵やってましたっけね。盥って、洗濯だけじゃなくいろんなことに使いましたよね。井戸水張ってスイカ冷やしたり、縁日で掬ってきた金魚放したり、ろうそくと水で走るちいさなポンポン蒸気船浮かべたり」

師「いきたネズミのはいった網かごを盥の水にぶちこんで窒息死させたり」

毛「その盥で、つぎの日、赤ん坊に行水させたり、空の盥に厚い布かぶせてそのうえでベーゴマやったり、この句のようにいつのまにか水鏡になっていたり。

ああそうそう、水鏡といえば、先日、わたくし、とてもおもしろい体験したんです。住宅街を流れるちいさな川なんですけど、両側の土手に桜の樹がずらりと並んでいて、近隣のひとはもちろん、かなり遠くからわざわざ見にくるくらいの桜の名所なんです。

晴れて、風ひとつないその日。数あるうちのひとつの小橋の真ん中で太い欄干にひじをついてぼんやり川を見下ろしていたんです。びっちりと重たそうに花を着けた枝が左右の土手からしなだれかかっている下を、川は流れている。のっぺりとした川面にときおりひらり〳〵と落ちる花びらがとても可愛らしくて、ずいぶんしばらくのあいだなんとはなしにひとつふたつと眼で追っていたんですけど、そのとき突然、それまでなんにもなかった川の底に、満開の花の行列があらわれたんです。『なんだ、こりゃ？』でしたね。身を乗りだして覗き込むと、黒々とした太い幹やゆら〳〵と花を着けた枝々がはるか遠くまでずらーッと二列に並んでいるんですよ。あまりの出来事に、しばらくその場にひじをついたまんま金縛り状態でした」

師「ま、川面に浮かぶ花びらに合わせてた眼の焦点が、そのときちょっと奥にずれただけのことだわな」

蒲団着て寝たる姿や東山

毛「服部嵐雪の有名な句ですね。有名なわりには、どうでもいいような句です。前回の千代女の『朝顔』の句とはおおちがい。でも写本に載っているんで、始めます。最初の作品。

蒲団着て起きたる姿や情けなや

『浮気の朝』という前書があります。夫の浮気を発見した奥さんが詠んだ句なんでしようね。

つまりこの夫、すっぽんぽん。奥さんの突然の来襲に、とりあえず女を逃がすのが精一杯で、じぶんは服もズボンも下着も着るひまがなかったんでしょう。ホテルの部屋の中でベッドから出るに出られず、すっぽんぽんの体に掛け布団巻きつけてその場に体操座りするしかなかった。

風呂沸きて冷めたきしずく肩に背に」

師「まだ陽がたけえうちに銭湯の一番風呂にいくとよ、わきたてで熱気むん〳〵の洗い場にへえったとたん、天井から水のつぶがおちてきて、それがつめてえのなんの」

毛「こどもの頃は、じぶんの肩や背中に落ちてくると、なんか、宝くじに当たったような気がしたもんです。

沸き立ての新鮮なお湯からもう〳〵と立ち昇っていった湯気が広い天井にびっちり水滴を作っていて、その幾粒かがくっつきあい大きな玉となって落ちてくる。

わたくし、上野の自宅の二階で産まれ小学四年までその家で暮らしていたわけですから、その『松の湯』という銭湯には、産まれてまだ眼もあかないときから行っていたことになるんです。ということは、皮膚が薄くてぶよ〳〵の幼虫みたいなわたくしのお腹にもその雨粒が落ちてきていたんですね」

ト「はじめて銭湯にいったとき、水着はいて洗い場にはいろうとしたら、番台のおばあさんに『だめだよっあんた、そんなもんはいて入っちゃ。脱ぎな脱ぎな。ほんとに近頃の若いもんは礼儀知らずなんだから。外人だろうがなんだろうが、そんなこたぁ常識っちゅーもんだ』っておこられた」

師「ま、常識だわな」

ト「でも、ほかの国では温泉にはいるときはみんな水着きてた。ぼく、すっぽんぽんではいるほうが、よっぽど礼儀知らずだとおもったのであったが、そのおばあさんのこわい顔と『常識』という言葉におもわずひるんでしまって、あわてて水着ぬいだのであった」

師「ま、常識だわな」

ト「ところがなのであった。なんとなく手もちぶさたのきもちのまま、ちょっと内股ぎみにあるいてあらためて洗い場にはいろうとしたら、こんどは、そばにいたおじいさんに『だめだよっあんた、この手拭い貸してやっから、ちゃんと前隠してけ。ったくもう、それが常識っちゅーもんだ』って手拭いなげてきた」

師「ま、常識だわな」

ト「ところがなのであった。おじいさんにいわれたとおり、手拭いで前をかくしながらそのまま湯船にはいろうとしたら、こんどは、ほかのおじいさんに『だめだよっあんた、湯船に手拭いなんざ浸すもんじゃあねえんだよ。常識っちゅーもんだ』っておこられた」
師「ま、常識だわな」
ト「水着はいてはいろうとしたら非常識といわれ、すっぽんぽんではいろうとしたら非常識といわれ、前かくしながらはいろうとしたら非常識といわれた。ママのいうとおり、日本はやっぱり変な国とおもった」
毛「風習というものはそういうものなんでしょうね」
師「こんどいったときゃあ、さっきの浮気亭主みてえにからだに蒲団まきつけて湯船にとびこんじまえ」
毛「『盆踊り』

苦労して着たる浴衣もばら〳〵に

きれいな娘さん、盆踊りしているうちに、胸元がゆるみ、帯もゆるんできてばら〳〵」
師「家でて、会場つくめえにもうばらんッ〳〵になってるやつもいる。まるで、火事んなった病院からあわてて逃げだしてきた入院患者」
ト「このあいだ、たのしそうな屋台がいっぱいならんでたので、いろんなもの食べた」
毛「盆踊りの楽しみのひとつ、というかこどもの頃のわたくしの目的はそれだけ。盆踊り踊ったことなんか一度もない。盆踊りの夜だけは、何週間も前からわく〳〵と貯めておいたちょっと多めのお小遣い持ってただひたすらハシゴ食い。綿あめ、しんこ細工、焼きそば、焼きいか、ソース串かつ、カルメ焼き、あんず飴、お好み焼き、もう眼がくら〳〵しましたね」

師「ぜーんぶ、その場で、めのまえでつくってくれたからな。カルメ焼きなんか、つくってるのみてるだけでわく〳〵したもんだ。

屋台のうえで、ちょっとおおきめの銅製の柄杓にスプーン一杯の茶色いザラメいれて火にかけると、そのザラメがだんだんどろ〳〵ぶく〳〵と透明に泡だってくる。それをいったん火からおろして濡れ雑巾にのせ、そこへ先っちょに重曹の粉つけたちいせえスリコギ棒をぶちこんでかきまわすと、その茶色い透明な液体がちょっと白っぽくにごって膨らんでくる。で、ころあいをみて、そのままその棒をまっすぐおっ立てると、あーらふしぎ、その泡がとつぜんぶわぁーっと海綿みてえにもりあがって、しまいにゃ、びっくりするほどでっかくなるんだな。スプーン一杯のザラメがよ、あっというまにちょっとしたメロンパンくれえのおおきさになっちまう」

毛「で、そのスリコギ棒をすぽッと抜いて、二、三秒、抜いたあとの穴がふさがって表面全体が飴色に硬く乾燥するのを待ったら出来あがり。サクッとひと口頰張ると、シャリ〳〵の破片があっというまに溶けて、口中一杯に焦げたような香ばしい甘みがひろがるんですよね。

それにいたしましても、屋台で買ったものって、その場でわく〳〵しながら食べるとすごくおいしいんですけど、家にいそ〳〵持ち帰って、『さぁ食うか』って台所のテーブルの上に置いたとたん、急に色褪せちゃうものも多いですね。焼きそばなんかその最たるもので、母が作ってくれる素人焼きそばにくらべても不味そうにみえる。賑やかな盆踊り会場でみたあのごちそう感がすっかり消え失せちゃっていて、台所の電球の下で、萎びたキャベツの混じった冷たい麺がくったりとのびきっている。なんでこんなつまんないものに、何週間もかけて貯めた大事な大事な『盆踊り用お小遣い』を遣っちゃったんだろうって、もの凄い後悔の念に駆られたもんです」

ト「屋台でうってるものは、ふつうのお店でうってるものよりかなり高いし」

毛「焼きそば一皿だけでもお小遣い一週間分ですからね。泣きました。で、一年経つとまた懲りずに屋台のはしご」

師「そして、また泣いた」

毛「泣いた。涙、涙の盆踊り。最後の句です。

ゆらり来てふたたび寝たる大鯰《なまず》

大鯰のぬらりとした重量感が出ている句ですね。じつはわたくし、かなり大人になるまで、鯰って架空の生き物だとおもっておりました。河童とかツチノコとかとおんなじで、この世に実在しない生き物。だから、テレビのニュースで鯰の映像が流れたときには、びっくりしましたね。えッ？　実在の生き物だったんだ、ってね。じゃあ完全に納得したかというと、いまだにドジョウとか鰻とかとはちょっと次元の違う生き物で、なんとなく童話風昔話の靄に包まれているのは事実なんです。鯰にかぎらず、『なんとなくそうおもい込んでいる』ことって、結構あるんじゃあないでしょうか。わたくしのいまいった類いの思い込みもあれば、別の角度からの思い込みっていうのも結構あるんじゃあ」

ト「自動販売機に小銭いれるときは、いつもやすいお金からいれていた。百五十円いれる場合、十円玉を五ついれてから百円玉をいれる。そうしないとコーラでてこないとおもってた」

毛「百円玉一つ入れてから十円玉五つ入れるのは駄目なんですね」

ト「だめ」

毛「じゃあ十円玉二つ入れてから百円玉一つ入れそれから十円玉三つ入れるなんてことは?」

ト「ぜったいだめ。何時間まってもぜったいでてこない、ずーっとそうおもってた。このあいだ、ぼくのとなりの自動販売機でちいさなこどもがめちゃくちゃな順番で小銭いれてるのに、コーラ、ちゃんとでてきたのでびっくりした」

師「おれぁ、コンセントからひっこぬいたばっかしのプラグ、さわれなかった。だから、ぬいたらしばらくはそのままにしておいた」

毛「抜いたばかりのプラグには、まだ電気が残っているってなんとなくおもっていたんですね」

師「酔っぱらって扇風機のコード足にひっかけちまってよ、ぬけたプラグおもいッきしふんじまったときゃあちぢみあがったな。『感電死』っていうみっつの漢字が一瞬頭よぎった」

毛「そりゃよぎりますよね」

師「ところが、ぜんぜんビリッとこなかったもんで、おそるおそるプラグのさきっぽ手の指でさわってみたらよ、なんともなかった」

毛「足のうらでおもいきり踏んだときビリッとしなかったんだから、わざわざ手の指で確かめる必要なかったのに、どうしてももう一度確かめたくなったんですね。じつによくわかります」

師「いまでも理屈じゃわかってんだけど、やっぱ抜いてすぐにゃさわれねえんだな」

毛「『なんとなくそうおもい込んでいる』ことって、ある意味、かなり頑固に体内に居座っているわけですから、それを完璧に否定することがなかなかできないんでしょうね。『おもい込み』捜せばまだまだ出てきそうですね」

夕立にひとり外みる女かな

師「こりゃもうとびきりいい女にちげえねえな」

毛「榎本其角の句。それにいたしましても、駅の改札口の屋根の下なんかで見ず知らずのひとたちとやむなく一緒に雨宿りすることとありますけど、あれ、なんともいえない親近感がおたがい生まれますね。『こんなどしゃぶりの前では、にんげんなんて、なんともまあ無力なもんですね』っていう表情がみんなに共通に浮かんでいるんです。そしてみんなにこ〱している。夕立ちという突然の自然現象に降り籠められてしまったさわやかな敗北感が、じつになんとも気持ちいいんですね。

棒立ちになりて指呼するスカイツリー

『親子連れ』という前書があります。若い父親と母親とこどもたちが、全員スカイツリーのてっぺんを指さして叫んでいる。そのひとりひとりの姿がまるでスカイツリー。トムさん、もう行かれましたか？」

ト「開業初日にいった」

毛「師匠は？」

師「あんなもん、さそわれたっていかねえ」

毛「東京生まれの東京人は東京スカイツリーなんぞに行くのは粋じゃあない、そうおもってらっしゃるんでしょ？　ましてや開業初日に並んで入場するなんてことは無粋の極み」

師「べつにそんなことおもっちゃあいねえ」

毛「いえッ、ぜったいにそうおもってる。内心では地元にスカイツリーが出来たってこともう嬉しくってうれしくってしかたない。なんたって世界一だもん。こころはもう小躍りしちゃってるん〳〵なのに、それ知られちゃみっともないもんだから、とにかくひたすら苦虫噛み潰したような顔してる。誰があんなもん出来たくらいで喜ぶもんか。ましてや開業初日にずら〳〵並んでまでして誰が入るもんか。そんなことするのは外国人観光客かおのぼりさんだけ。おれぁ江戸っ子でえ、っておもってらっしゃるんでしょ？」

師「おれぁただもうつかれるのがやなだけ」

毛「うそッ、痩せ我慢してるだけなんじゃあないんですか？　ほんとうは開業初日の、それも第一入場者になりたかったとおもってる」

ト「なんでそんなにむきになってるのか？」

毛「むきになんぞなってはおりませぬ。ただ真実を追求しているだけです。師匠、無関心を装っていらっしゃるけど、じつはもうめっちゃくちゃ興味津々なんです」

師「そうかなあ？　おれぁほんとに興味ねえ」

毛「いえッ、興味あるに決まっております。興味ないわけがない」

ト「あんたこそどうなんだ？」

毛「ま、ほんのちょっとくらいはありますよ」

ト「ほんのちょっとくらいはあるけど開業初日にずら〱並んでまでして入りたいとはおもわないわけだ」

毛「あたりまえです。誰がそんなことするもんですか」

ト「まだいっぺんもいってないのか？」

毛「開業二日目に行きました。

夕蟬に小鼻汗ばむ妊婦かな

この妊婦さんも、きっと美人ですね。蟬の声の降りしきる夕べ、ふと佇む妊婦のそのすいと高い鼻梁の両脇に微かに汗がふいている。じつに美しい一シーンですね。ただの美人でも美しいシーンですけど、妊婦であるということで、その美しさの奥行きがさらに深まります」

ト「ぼくの女ともだち、あかちゃんできたとたん、なんだかすごくきれいになった」

師「はらむと顔かわるのか？」

毛「そういうひと、たまにいらっしゃいますね。身籠って顔つき悪くなるひとも多いですけど、じつにまろやかになるひとがいる。なんていうか体全体にゆたかな樹液のようなものが溢れているんです。それまでの彼女とは別物になっている。

夕涼みふとすれちがいたる湯の香り」

きょうは美人ばっかり。誰でもが詠みそうな平凡な句ですね」

師「おれぁ酒飲むめえは、かならずひとっ風呂あびるな」

毛「わたくしもそう。お酒とお風呂。これは、もう完全にセットですね。お風呂に入らずに飲みだすなんて、そんなことかんがえられない。

だから、よく会社帰りに汗臭い背広着姿で飲んでいるひとみると、こっちの体がねっとりしてきちゃう。だらーっと仕事したあと、だらーっと居酒屋に入り、だらーっとお酒飲みはじめる。おいしいわけがない」

ト「学校のゼミおわってからみんなでジョギングしてうんと汗かいたあとぜんいんビアガーデンに直行。ノドから〳〵で、お風呂なんかはいってるばあいではないのである」

毛「あーやだやだ、そんなの。汗だらけ、毛穴に垢がびっちり詰まっている体で、よくビール飲めますねえ。信じられない。

湯船に深く浸って全身の毛穴をじゅうぶんにひらかせたあと、シャボンをつけた目の荒い硬い手拭いでごっし〳〵、毛穴の奥に溜まっている汚れをくまなく掻き出す。そしてそのあとふたたび湯船に深く浸って、そのさらにぽっかりとひらいた毛穴から、血中にまだ微かに残っている悪いものを汗と一緒に完全に体外へ放り出して初めて準備完了。ビールやお酒を受け入れる器となるのであります。そして浄まりかえった体内にビールがそそがれ、ワインがそそがれ、ありとあらゆるお酒がそそがれる。誰がなんといおうとそれが正統なのであります。トムさんのように、その大事な下準備もせずにビールを飲み始めるなんて邪道も邪道。おいしいわけがない」

ト「おいしいわけがないといわれても、ぼくはおいしいのであるから、それでいいのではないのか?」

毛「よくありません。ものには順序というものがあるんです。お酒の前にはお風呂、これはもう神聖なる儀式なんです。

総立ちにひとり座したる女かな

『オリンピック応援席』という前書があります。金メダル取った選手に向かってまわりの応援席のひとたちが全員総立ちになって歓声あげているのに、ひとりだけじっとじぶんの席に座ったまんまの女が居る。こういう光景、テレビでたまに眼にしますね。選手とどういう間柄なのかわかりませんが、じっと座ってる」

師「おれぁ、どうも世間が金メダル金メダルってさわいでるのが気にいらねえ。貧乏くせえ」

ト「貧乏人のくせして、よくいう」

師「おれぁ貧乏人だがよ、貧乏くせえのは、でっきれえなんだな」

毛「貧乏であるということと貧乏臭いということとは別物なんですよね」

師「おもいっきしがんばった結果、気がついたら金メダルっちゅうご褒美もらってたってんだったらめでてえんだがよ、ご褒美ほしさにガツガツ歯ぁくいしばって髪ふりみだしてる姿みてっとなんともなさけなくなる」

毛「ずっと前に、あれは冬季オリンピックのスキー競技だったんですが、どこかの国の若い男子選手が、じつにゆっくりと滑っているんです。本人は一生懸命なんでしょうが、はた眼からみると、じつにのんびり滑っている。アナウンサーも解説者も穏やかな微笑を含んだような優しい口調で『なんだかこう、ちょっとスキーの上手な高校生が地元の大会で一生懸命滑っているって感じですねぇ』とかなんとかいっていましたっけ」

師「おれもそれみてたがよ、いまでもはっきり、あの姿おぼえてるな。金メダルうばいあって眼えつりあげてるやつらよりもよっぽど絵になってたな」

毛「ああいう選手を世界の大舞台に送り出した国、名前は忘れましたが、そういう国ってなんかとてもすてきでしたね。かっこいいなあとおもいました。

惑星の縁《ふち》青らみて夏木立

『夜明け』という前書があります。夜明けが近づいて、惑星、つまり地球の地平が青く潤みはじめると、それまで気がつかなかった手前の夏木立が黒々とその姿を現わしてくる。静謐な一瞬を、じつに見事に捉えていますね。

それにいたしましても、人類というものを『地球人』ではなく『惑星人』という風にいい換えると、ちょっとイメージがちがってきますね」

師「はぐれもんの星に乗っかってるくにゃ〳〵したえたいの知れねえ生きもん」

毛「そうなんですよね。『地球』という星に『惑星』とか『遊星』という名を付けた学者は、おそらく地球の姿に、宇宙をさまよう孤独の翳りを嗅ぎとったからこそ、そう名付けたんだとおもうんです。『迷い星』ともいうそうですしね。

われわれは、つい、地球イコール人類の棲む星、だからほかの星とはちがうんだとおもいがちなんですけど、一歩引いて眺めれば、ほかの星と五十歩百歩。迷えるさびしい孤独な星のひとつにすぎない」

師「でもよ、じぶんが惑星人とか遊星人だとおもうと、ちっとばかしうき〳〵してくるわな」

毛「みんなでこの星を操縦して、どっか遠くの銀河に行ってみようかって気になりますね」

師「そうかぁ、おれぁ遊星人だったんかぁ」

ト「ひからびた遊星人」

毛「干涸びたものもいれば、生まれたてのぴち〳〵したものもいる。そういう生き物たちをびっしり乗せて、地球という星はこの大宇宙をきょうもさびしく彷徨っている。それにいたしましても、これほど原句から遠去かってしまった作品も珍しい」

師「なんしろ遊星だからな」

春雨や抜け出たままの夜着の穴

毛「内藤丈草の『春雨や抜け出たままの夜着の穴』。とぼけた哀しみが漂っていて、大好きな句です。現代俳人の作であってもぜんぜん不思議ではありませんね。時代を越えてすんなり読めます。

春雨や抜け出たままの蛇の殻

夜着の穴には、抜け出していった主人が戻ってきてまた潜り込むわけですが、蛇の殻には、蛇はもう戻ってこない。しんと脱ぎ棄てられたまんま」

ト「にんげんも脱皮できたらおもしろい」

師「誕生日のたんびに、ずるりとむけたりしてな」

毛「そのむけたばかりのまだ湿っていて柔らかい皮に風船ふくらますみたいに空気吹き入れると等身大の人形になる。すてきな誕生記念品になりますね」

師「むけたあと、本体のほうはどーなるんだ？」

毛「毎年あらたに剝けるんですから本体は死ぬまで皺ひとつなし。ぷりっぷりの頰っぺたのまんま。それに、剝けていった皮が体内の毒素をかなり吸い取ってくれているとしたら、病気にもなりにくいということになって、もう元気潑剌。るんるん気分、ぷりっぷりの笑顔で天国に行けちゃう」

ト「のむ脱皮薬みたいなもの、だれか発明してくれるといい」

毛「ノーベル賞まちがいなしですね。

はるさめの湯気もしずかに春の雨

『小鍋立て』という前書があります」

ト「小鍋立てってなに？」

毛「ふつうのお鍋よりちいさいひとり用のお鍋があるんです。春の夜、微かな雨の音を聞きながら、湯豆腐かなにかの小鍋立てでひとりお酒を飲んでいるところなんでしょうね。しんとした部屋の中、煮えたはるさめを箸でたぐりあげると、そこからおだやかな湯気が立つ」

師「とうふのとろっとした舌ざわりと、はるさめのつるんとした舌ざわり、そこへ人肌の酒をほおりこむ。もーたまんねえな」

毛「豆腐とかはるさめなんてものは、もう舌ざわりだけが命といってもいいくらいですからね」

ト「すきな舌ざわりのものもあるが、ぎゃくにだいきらいな舌ざわりのものもある。あんかけ焼きそばなんかたべててあのぷりッとしたちいさなエビにでくわすと吐きだしたくなる」

毛「深い理由はないのに、どうしても受け入れがたい厭な触感ってあるんですね。わたくしは、味噌ラーメンのスイートコーン、あれがそうなんです。スイートコーン自体は大好きでして、ビールのおつまみなんかに食べるととてもおいしい。それ自体の触感もぜんぜん厭じゃない。ところが、味噌ラーメン啜っているときにあれが一緒に口に入ってくると、どうにもがまんならない。だから、たっぷりのっているスイートコーンをあらかじめ蓮華ですくい取ってさきに食べてしまってから麺を食べるんですが、どうしても五、六粒、麺に潜り込んじゃっているときがあるんですね。そんなときはほんとに鳥肌立つし腹も立つ」

師「そのてん、小鍋立ては、てめえのすきなものいれて、すきなように食うわけだから、なんの問題もねえ」

毛「帰宅が遅くなって家族がみんな夕食済ませたテーブルで、ひとり、残り物の浮いている大きな鍋でやっているとどうしてもしょぼくれてきちゃいますけど、小鍋立ては、心地よい孤独感はあっても、孤立感はないんですね。

ハンサムに歩みはこべる鹿の秋

『奈良』という前書があります。たしかに奈良の、あの豊かな角を揺らせながらゆっくり歩いている鹿の姿は惚れぼれいたします。由緒正しき端正な美男子といった風ですよね。やはり奈良の鹿だから、こういう句になるのかもしれません。わたくし古都コンプレックスみたいなものがあるもんで、奈良には強い憧れがあるんです。その奈良の鹿ですから、これはもう、近寄りがたき血統書つきの美男子。顔もハンサムなら、姿もハンサム。立ち居振る舞いすべてがハンサム。そんじょそこらの鹿とはわけがちがう。それでいて、派手な自己主張をしないんですから、なおさら凄い。もちろん鹿だけじゃあない。奈良という土地、そこに何代にもわたって棲みつづけているひとびと、みんな凄いなぁとおもっちゃうんです。江戸っ子なんて、奈良がくしゃみしたら、みんなぱら〳〵って吹き飛んじゃう。奈良、かっこいい」

ト「茶粥、かっこよくない」

毛「ああ、奈良の茶粥ね。二日酔いの朝に食べた奈良の茶粥には助けられましたけどね。体がすぐにすっきりした記憶があります」

ト「あんなもの、よく食べられるな。お茶づけの食べのこしかとおもった。まずくはなかったけど、おいしくもなかった。あれは食べものではない」

毛「お米が主役なのか、お茶が主役なのか。食べものなのか、飲みものなのか」

師「すすりもの」

毛「あの朝はとても寒かったから、鼻水啜りながら茶粥啜りました。たしかにおいしくはなかったけど、まずくもなかった」

ト「ちがう。まずくはなかったけど、おいしくもなかった」

毛「微妙に意見が分かれますよね」

ト「ただあの鹿せんべいはおいしかった」

毛「みていると、ほとんどのひとが、鹿にやりながらじぶんもすこし食べますね。あれ、ぜったいひと口食べてみたくなる」

ト「ドッグフードににてた」

毛「ドッグフードもぜったいひと口食べてみたくなりますね」

師「近所の犬の皿にのこってるやつ失敬して食うことあるけどよ、たしかに酒のさかなにぴったしなのが、たまにあるな」

毛「たまにある、ということは、そうとう試しているわけですね」

ト「ただで釣ってきた鯉と、ただで失敬してきたドッグフードで晩酌やってる」

師「食ってるとこをよこどりしてくるわけじゃねえ。食いのこしてるやつをもらってくるだけ」

毛「みなさん、やっぱり食べているんですね。せっかく、かっこいい奈良のお話していたのに、かっこ悪い横道にそれてしまいました。

鐘の音《ね》に秋のまぶたの閉じてゆくかな」

師「原句の跡がどこにもねえじゃぁねえか」

毛「困ったもんです。作品としてはすばらしいんですけどね。

鐘の音にうながされるかのように半球状の天空が地平にむかって昏れてゆくさまが、あたかも巨大なまぶたが閉じてゆくようにみえたんでしょう。純粋創作俳句作品として読めば見事な作品です。

それはそれで結構なことなんですが、でもたしかに師匠のおっしゃるとおり、この著書『風の戯れごと』には暗に戯れ句と銘うちながらも戯れ句にももじり句にもなっていないこのような作品がかなり出てくるので、今回わたくし、この編者になりかわって、その創作過程をじっくり想像してみたいとおもいます。

えーと、まず。

原句『春雨や抜け出たままの夜着の穴』これを読んで、この作者はどんな戯れ句をおもいついたか？　たぶん『鳴る鐘に窄《すぼ》まりゆくか秋の眼《まな》』という句をおもいついたんです」

師「なんでそんなことわかるんだ？」

毛「ですから『たぶん』と申しあげております。原句の韻を踏まえると、こういう句ができてしまったんでしょうね、たぶん。

さあ、とりあえずこんな句ができたにはできたんですが、読み返してみると、まず上五の『鳴る鐘に』が、なんとなくパッとしない。『春雨や』の音をなぞってなんとか語呂合わせしてはいるんですが、パッとしない。第一、鐘というものはそもそも鳴るものなんですから、『鳴る鐘に』というい方は、青い青空とおんなじで、ダブッちゃってる。イメージも鈍い。

そこで、ごくふつうに、『鐘の音に』と言い換えてみると、あんがいすんなり、イメージもすっきりしたんでしょうね。で、『鐘の音に窄まりゆくか秋の眼』。

これなら全体的にみても、なんとか戯れ句らしい趣きもあるしな、とおもいはじめたはいいけど、こんどは、下五の『秋の眼』が気になりだした。この作者、最初は、原句の『穴』の語呂合わせで『眼《まな》』としたんでしょう。『眼差し』などという言葉もあるわけだから、『眼』は『まな』とも読むんじゃないか？　でも、ほんとに『まな』と読むんだろうか？

そこで、この作者、いろんな辞書をめくってみたんでしょうが、どの辞書みても『【まな』とも読む』とは書いてない。となると、下五の『秋の眼』は不採用にするしかなくなっちゃったんでしょう。

さあどうする？

『鐘の音に窄まりゆくか秋の瞳は』『鐘の音に秋の瞳は窄まりゆくか』『鐘の音に秋のまぶたの窄まりぬ』などなど、いろいろやってはみるものの、いまいちぴんとくるものがない。

だん〳〵疲れてくる。

そして気分転換に煙草を胸一杯に吸い込んだとき、ふとおもった。おれはさっきから、『窄まる』という言い方にこだわっているけど、かんがえてみたら、それほどこだわる必要ないんじゃないか？　ってね。もっとふつうに自然な言い方でもいいんじゃないか？　と。

そうして、最終的に『鐘の音に秋のまぶたの閉じてゆくかな』という表現に辿り着いた。

最初に閃いた『半球状の天空が地平にむかって昏れてゆく』という心象風景だけは崩さずに作品を仕上げたかったわけですから、まあ、なんとか辿り着いたこの最終形は、かなり成功しているみたいである。

読み返してみても、不自然さがなくて、すんなり読みくだすことができる。これで良し。

たしかに原句を生かした戯れ句にももじり句にもぜんぜんなっていないけど、でもまぁ初稿はもじり句になっていたんだから大目にみてもらおうじゃあないか。

と、まぁ、以上すべて、わたくしの想像なんですけどね」

師「とにかくよ、こんなもんを採用してるこの戯れ句集、そうとういいかげんだわな」

毛「たしかにあんまり良い戯れ句集ではないのかもしれませんね。最後の句です。

春雨やどこへ行ったのポチの馬鹿

こういう句も採用しているんですから、それほど悪くもないのかもしれませんよ。飼い犬の失踪。経験おありのひと、けっこういらっしゃるんじゃないでしょうか?」

ト「日本にきて、はじめてアルバイトした喫茶店に、花子というおおきな犬がいた。ママさんが裏庭でかってたのだが、はじめてみるガイコク人であるぼくにもとてもよくなついてくれていて、まいにち夕方になると、ぼくが散歩につれていった。たまに街樹につないで、本屋にしばらくはいってでていくと、ぼくの顔みるなり、とびあがるようにおきあがって、しっぽ、ちぎれるほどぶん〳〵ふって、からだわっさ〳〵上下させて、もう、からだでかいのにこどもみたいだったな。

その花子が、ある日とつぜん、死んだ」

毛「失踪じゃなくて、死んだんですね」

ト「ぼくがころしてしまったのかもしれない」
師「どういうこった？」
ト「死ぬまえの日のゆうがた、いつものように散歩にでかけた。一日中裏庭につながれてるからいつもそとへでると、うれしくってうれしくってたまらない。いくらゆっくりいこうとしても、でかいからだをまえのめりにしながらぐい〳〵ぼくをひっぱっていく。
そのときもぼく、ふとくておもたい鎖のリードにひっぱりつづけられて、はぁ〳〵いいながらなんとかついてってたのであったが、とちゅうで石につまずいてとうところんでしまい、おもいっきり顔を地面にぶつけてしまった。
あまりにも痛かったし、とおくでみてたこどもたちがおおわらいしたので腹がたってしまい、リードのはしをにぎったままたちあがりながら、つい、御者が馬車馬を手綱でたたくみたいに、そのリードで花子のよこっぱらをおもいっきりたたいてしまったのである」
師「そりゃあ、こんどは花子が痛かったわな」
ト「ぎゃんッ、というひと声だけだったけど、花子のあんなすごい声、はじめてきいた」
毛「それでどうなったんですか？」
ト「ひと声ないただけで、すぐあるきはじめたので、そのままお店にかえった。そして、つぎの日の午後、口から血をだして死んだ。ぼくが、あんなふとくておもたい鎖でおもいっきりたたいたから、内臓がどうにかなってしまったのにちがいないのである。ぼくがころしてしまったのにちがいないのである」

毛「取り返しのつかない思いがずっしり泥のように溜まって、ずっと後悔の念にさいなまれていたたまれなくなるのはしかたのないことですけれど、たぶんわたくしだって、そんなときは、連れている犬にたいして、きっとトムさんとおんなじことしたとおもいますよ」

ト「たしかに、それはそうかもしれない。とっさにたたいたことは、いつの日か、時間がたてばわすれられるのかもしれない。でも、どうしてもわすれられないことがひとつだけある」

毛「ひとつだけ？」

ト「つぎの日の朝、ぼくは、前の日おもいきりたたいてしまったことがうしろめたかったのかもしれない、いつもよりはちょっとちいさい声で『おはよう』と声をかけた」

毛「毎朝、裏庭に行ってそのひと声をかけるのが習慣だったんですね。そしたら花子は？」

ト「地面にあごをつけてじっと腹這いになったまんま、ぼくの顔をそっと上目づかいにみて、しっぽ、ふった」

毛「しっぽ、ふったんだ」

ト「しっぽ、ふった。
ゆっくりだったけど、ゆっさ〱しっぽふった。しっぽふって、その数時間あとに、
花子は死んだ」
毛「それは忘れられないかもしれませんね」
師「そうか、しっぽ、ふったんか」

長々と川一筋や雪の原

毛「きょうは野沢凡兆の『長々と川一筋や雪の原』。雄大な景色を、単純な言葉と単純な構成で一気に詠みおろしていてとても気持ちのいい作品です。削りに削って到達した表現なんでしょうね。

さら〱と傘をかするか春の雪

S音とK音を重ねることでいい効果をあげていますね。春の雪がふりだすと、誰もがふとおもいだして口ずさみたくなるような、なにげないため息のような作品」

ト「雪はなんで六角形なのかな?」

毛「太古の昔から気の遠くなるほどの雪がふってきたわけですが、ひと粒の例外もなしにすべてが六角形である、というのはほんとうに驚きですよね。それにいたしましても、なぜ六角形なんでしょうね?」

ト「電磁力のせいなのかな?」

毛「台風の目なんかも、丸くみえますけど、正確に観察すると六角形らしいですね。電磁力説、あながちまったくの見当はずれでもないんじゃあないでしょうか」

ト「一分が六十秒で一時間が六十分。これも六という数字がからんでる」

毛「これは電磁力の問題ではなく時間の問題なんでしょうが、でもたしかに、六という数字が絡んでいますね」

師「たんなるロクでもねえ偶然だったりしてな」

毛「　**みあげれば青一色《あおひといろ》の雪の原**

きのうまでの雪がやんで、天は雲ひとつない青一色。『あおいっしょく』ではなくて『あおひといろ』と読ませていますね。『あおいっしょく』だと、眩しい感じが出てしまって、光の粒子がきら〳〵うるさい。おそらくこの作者、風ひとつない穏やかで円やかな天の青い柔らかさを表現したかったんだとおもうんです」

ト「雪の平原でじっと雲ひとつない天をみあげてたら、平衡感覚がなくなってあおむけにたおれてしまったことがある。そして、たおれたまんま、天の奥をみつめていると、からだがぐん〳〵吸いこまれてゆくのであった」

毛「わかります、わかります。怖くなっちゃうんですよね。背中にへばりついた地球ごと天に吸い込まれてゆくというか、吸い上げられてゆくというか。大雪原で大の字に仰向けになったら、誰しもがそんな感覚に襲われるんじゃないでしょうか」

ト「眼をつぶっても、その感覚がずっとつづくのである。地球に磔にされたまんま、ものすごい勢いで吸いこまれてゆく」

毛「吸い込まれながら、つぎの句です。

鉄橋を真一文字や終電車

川に架かった鉄橋の上を終電車が走っている。川面にも、くっきりとその姿が映っている。

『真一文字や』が、いいですね。深夜の家路を急ぐ終電車の姿がじつに鮮やかに眼に浮かびます。結婚したての頃、川べりのマンションに住んでいたことがあるんですが、ベランダに出て煙草吸っていると、遠くの鉄橋を渡る終電車の音が川面を渡ってきましてね。その音聴くと、なぜかいつもジーンとくるんです。ああ、みんな、こんな夜遅くなっても、やっぱりじぶんの家に帰りたいんだなぁってね。家族のもとに帰るひともいれば、待つひとのいないちいさな部屋にひとり帰るひともいるだろうけど、どうであれ、ひたすら懸命にじぶんの巣に帰ろうとしている。けなげな虫のようにね」

師「　えん〳〵と円を描いて終日電車　一平」

毛「なんですか？　それ」

師「ときどきやる。朝から晩まで、いちんちぢゅう山手線に乗ってる。いちんちぢゅう、あきるほど乗って、百三十円」

毛「山手線は、ひたすら東京都内を円を描いてぐる〳〵廻りつづけるわけですから、つまり、一駅分百三十円の切符買えば、ずっと乗りつづけることができる。降りるときには、切符買った駅の隣の駅で降りればその切符で堂々と改札口を出ていけるんですからね」

師「いまにおれみてえのがふえたらいちんちぢゅう爺さん婆さんでぎっちりつまっちまうだろうから、ふつうの勤め人や学生が、乗れずに駅にとりのこされたりしてな。しかも乗客全員が百三十円だから、ＪＲは、勤め人や学生から抗議はまいこんでくるわ、赤字にはなるわで、ふんだりけったりになることまちがいなし」

毛「何周も乗りつづけていることを車掌や駅員に知られて詰問されても『うっかり寝過ごしたらしいねぇ』ととぼければいい。それでも車掌や駅員がしつこく強く詰問してきたら、新聞に投書すればいい」

師「『ただ寝過ごしただけの哀れな老人を、ＪＲは冷酷にも犯罪人扱いしています。たしかに事実だけを掬いあげれば、うっかり寝過ごしただけとはいえ、こちらに非のあることは否定できません。しかし、それはあまりにも杓子定規的であり、理屈優先といえないでしょうか。人の世は、理屈よりも情を優先させるべきなのではないでしょうか。年金暮らしの、かよわき者に、もっと愛を』ってなぐあいよ」

毛「『かよわき者に、もっと愛を』これ、まさに報道機関の基本方針と合致するわけですから、こういう投書、おそらく投書欄のトップに取りあげざるをえなくなる」

師「そんなことになりゃ、こんどは全国から抗議まいこんできてな、ＪＲ、ふんだりけったりどころか、あとかたもなくなっちまうかもな」

毛「そうならないようにするには、ＪＲは、そういう老人たちを、みてみぬふりするしかなくなる。で、ますます山手線に老人たちが殺到する。恐ろしい近未来図ですね。

蠟燭の火はひとすじに顔と顔

『はじめての誕生日ケーキ』という前書があります。誕生ケーキの上の一本の蠟燭に火が灯っている。その火を、一歳になったこどもと両親がじっと凝視めているんですね。この句を読んで、すぐにおもいだしたのは、わたくしのはじめてのこども、男の子なんですが、そのはじめての誕生日ですね。

小児病棟の個室のベッドで、点滴のチューブ揺すりながらはしゃいでいるあやつり人形のような息子と、妻と、わたくしの三人だけの誕生会。
病院内での、特に個室での火気は厳禁でしたので、蠟燭に火をつけること、はじめは許可してくれなかったんですが、看護婦長に頼み込んでやっと許可してもらいましてね。蠟燭に火をつけて室内の灯りをぜんぶ消したときのあの息子の顔は忘れられません。息子が本物の火というものをみたのは、それが生まれてはじめてだったんですからね。
光を受けたちいさな顔が闇の中に浮かんで、その眼の中でちいさな火がちろ〳〵揺れている。光を受けた妻の顔も闇の中に浮かんで、その眼の中でちいさな火がちろ〳〵揺れている」

師「親子三人水入らず」

毛「そうして、妻とわたくしで、周りに聞こえないように小声で『ハッピーバースデイ』を歌ってから息子に火を吹き消させたまではよかったんですけど、あたりまえといえばあたりまえなんですが火が消えたとたん室内が真っ暗になっちゃいましてね。あのときはあわてました。猛ダッシュでドアの横っちょのスイッチの所に飛んでいって部屋中の明かり点けまくりましたね。あんなにあわてたことありませんでした」

師「そういわれてみりゃあ、たしかに、あれ、めでてえ誕生日なのに、わざわざ命ふきけしてるようにみえなくもねえ」

毛「まあ、気にするほうがおかしいといわれればそれまでなんですけど」
師「長男、そのあと良くなったのか?」
毛「いえ。まあ、これからもいままで通りいい意味で病気と仲良くつきあっていってくれればいいかなとはおもっているんです。小児病棟でのはじめての誕生会。おもえば、あれからもう、三十年以上になるんですねぇ。
つぎの句です。

かな〲の声一筋や秋刀魚焼く

『佐藤春夫・作』という前書があります」
ト「あの『さんま苦いか塩っぱいか』という詩をかいたひとか?」
毛「どうもそうらしいですね。夕方、開け放たれた台所で、あるいは庭先で、男がひとり秋刀魚を焼いている。遠くでかな〲が一匹鳴いている。かな〲の声も一筋なら、秋刀魚焼く煙も空にむかって一筋。晩夏というか初秋というか、静かな夕暮れどきの気分が満ちていますね」
師「

かな〲の声一筋や塵置場　一平」
毛「おっ、やるじゃないですか。じつに師匠らしい作品。もの悲しくも美しいかな〲の声と、もの悲しくも穢ない塵置場との対比がすばらしい。それにいたしましても『かな〲の声一筋や』これ、下五にいろいろ置けそうですね。

かな〳〵の声一筋や奥座敷

師「とかなんとか。平凡ですけど、とりあえずそれなりの画になる」

毛「かな〳〵の声一筋やシャッター街　」

師「師匠の場合、その方向でやると、どんどん出来そうですね」

毛「かな〳〵の声一筋や『貸間あり』　」

師「『貸間あり』の貼り紙が、じつにいい。よれ〳〵の貼り紙が、古い木造アパートの閉めきった雨戸なんかに貼りついて破れかかっている。映画のワンシーン。貧乏人にしかない視点ですね」

毛「おそれいったか」

師「かな〳〵の声一筋や本閉じる

かな〳〵の声一筋やオンザロック

わたくしも、どんどん出来ることは出来るんですけど、師匠の作品には遠く及びそうにありません。育ちが良すぎるんでしょうね。トムさんも一句どうですか？」

ト「かな〳〵の声一筋や足が臭い　」

師「なんだそりゃ？」

ト「このあいだ山で歩きつかれて木のかぶにこしかけてたら、ものすごいにおいがしてきたのでびっくりした。じぶんの足のにおいであった」

毛「今年は、かな〳〵が鳴きはじめているのにまだ猛暑がつづいておりますからね」

世の中は三日見ぬ間に桜かな

毛「大島蓼太という作者の名を知らなくても、この句を知っているひとは多いんじゃないでしょうか。

この最中《もなか》すっか〳〵の中身かな

昔はこういう最中が多かった。みた目はふつうの大きさなんですけど、中身は、真ん中へんにちょこっと餡子が座っているだけ。うっかり端っこから食べようもんなら、皮ばっかりだから、それが上顎にべたッて貼りついちゃいましてね。舌の先でこそげ落とすのが大変でした」

師「あれはな、ひとくちかふたくちかくれえでほおりこまねえと、そういうめにあう」

毛「最近は中身がはみでちゃいそうな最中もありますけど、それはそれでまたちょっと最中とはいえない」

師「そもそも最中はすっかくするくれえにでけえ皮があるからこそうめえんだな」

毛「ていうことは、昔の最中のほうが本来の最中ということになるんでしょうか？　上げ底的発想でああなったわけではなかった」

ト「上げ底といえば、いちど、そば屋でひどいめにあった。あれざるにもってあるそばを箸でつかもうとしたら、箸のさきがカッッととまった。あれっとおもってよくみると、ざるをさかさまにふせたうえに、そばがはりつくようにならんでるのである。だから箸で二、三回ひろいあげたらもうおしまい。とんでもないいんちきであった」

毛「それ、上野の池之端のお蕎麦屋さんでしょ？　あれには、わたくしも最初は面喰らいました。ふつうは笊のへこんだほうに盛りますけど、あそこは逆に、ふくらんだほうに盛る。おもわず笑っちゃいましたね。洒落なのかともおもいましたけど、どうもそうではないらしい。わたくしだけの想像ですが、蕎麦をぶあつく重ねて盛ると、中のほうが蒸れてのびてしまったりくっついてしまったりするから、ああいう薄い盛りかたをするようになったんじゃあないでしょうか」

ト「そんなことはどうでもいい。とにかく、あれはいんちきである。けっきょく、ざるそば十枚以上食べて、やっとおなかいっぱいになった。ものすごい値段になってしまった」

毛「なにかの拍子に偶然、裏返しになっていた笊の上にお蕎麦を落としてしまったときにひらめいたのかも。これなら蕎麦が蒸れてのびたりくっついたりしないのではないかってね」

ト「だったら、おおきくてひらべったいざるにうすくもりつければいいではないか。あれは、すくないそばを、いかにももりあがってるようにみせるためのいんちきである」

師「だったら一枚でやめて、ほかの店にいきゃあよかったじゃねえか」

ト「はらはたったが、すごくおいしかったので、ついたくさん食べてしまったのである」

毛「そうなんですよね。たしかに高いんですけど、たしかにおいしいんです。わたくし、いまでもたまにあのお店行くんですよ。量の問題だけ眼をつぶれば、ついつい足が向いちゃう」

師「そばなんてもなぁ、そもそもそうがつ〳〵たくさん食うもんじゃあねえんだよ」

毛「

ガウディの三日坊主の後始末

スペインの建築家ガウディの未完のサグラダ・ファミリア大聖堂。近年中に完成、という噂もあれば、百年後という噂もある。あの奇妙な建物を天才的なおもいつきで設計したのはいいけど、おもいついた当のガウディは、仕事半ばどころか、ほんのちょっと手がけただけでさっさと死んでしまったから、それを引き継いだ後世の建築家たちは大変な目にあっているわけです」

師「かりに百年後にできあがったとしてよ、それが、そのガウディとかなんとかいうやつのかんがえてたもんとおんなじもんなのかどうか」

毛「そうですね。本人に聞くことできないんですからね。もしかしたら、ガウディが頭に描いていたものとは似ても似つかない建物になってしまうかもしれませんね。ただ、時代の変化とともにどんなに新しいアイデアや技法を取り入れて建築をすすめていこうが、その奥には、かならずどこかにガウディの血液が流れているはずだとおもうんです」

師「何百年たっても、わざと完成させねえって手もあるわな」

毛「そうですね。それはそれでまたすばらしいアイデアだとおもいます」

師「さもなきゃ、完成したその日に、ぜんぶいっぺんにこなごなに爆破しちまったりな」

毛「　**暑き夜の形きまらぬ枕かな**　」

師「おれぁ、枕あろうがなかろうがいつだって天井むいて大の字」

毛「そういうひと信じられません。わたくし、こどもの頃から、大の字で寝たこと一度もないですね。枕いろいろこねくりまわしたり、右半身を下にしたり、左半身を下にしたり、足組み変えたり、ほんと大変。特に、まぶたは、かならず左右どちらかを枕にぎゅっと押しつけないとぜったいに眠れませんです」

師「なんでだ?」

毛「わたくし、ふだんから尖ったものがこちらに向いていると、もう駄目なんです。鉛筆とか鋏なんか、机にちょっと置くときでも、かならず先っぽを向こう側に向けます。ぜったいじぶんのほうには向けて置かない。机の抽斗に仕舞うときでも、かならずそうします。もしそうしないで、先っぽをこちらに向けたまま閉めてしまうと、むしろ机の上に置く場合よりももっと怖ろしい気分になります。なんせ、みえない所で、わたくしに向かって尖っているわけですからね」

師「枕にまぶたおしつけるのと、どんな関係あるんだ?」

毛「おそらく師匠には理解できないとおもうんですが、たとえば大の字になって、つまり、顔を真上に向けたまんま眼をつぶると、深い闇の上から、すーっと一本、尖ってくるものがあるんですよ。にぶく銀色に尖ってくるものが。これ、ものごころついた頃からの、毎夜の慣わしなんです。針とか矢尻とかの映像が浮かぶわけではなく、なんといったらいいか、『尖り』そのものが降りて来て、こちらに向かってじっと光りだすんです。そうなると逃げようが無くなる。それにはどう対処したらいいのか? うつ伏せになって両まぶたを枕にぎゅっと押しつけるんです。両まぶたを枕に押しつければ、その尖ったものがこちらにむかって来ない、というか、むかって来ない、ということにするんです。つまり、無理矢理そうおもい込むようにするんです。すると、ま、どうにかこうにか気分が落ちついてくるんです。ところが、枕に両まぶたを押しつけていると当然息がしづらくなる。いろいろやってみた結果、『どちらか片方のまぶたを押しつけるだけでも効果はあるだろう』と、これもまた無理矢理そうおもい込むようにして、それからは、眠るときにはかならず左右どちらかのまぶたを枕に押しつけることにしたんです」

師「効果あるのか？」

毛「効果あり、と無理矢理おもい込んで六十年。まあ、なんとか無事に今日に至っておる次第であります」

師「ごくろうさん」

毛「最後の句にいきたいとおもいます。

湯煙りも月下に縮む寒さかな」

師「おれぁ、真冬の露天月見風呂、でるにでられず悲鳴あげたことあったな。肩からしたはなんとかあったけえんだがよ、首からうえは氷点下。まつげにゆげがからんでそれが凍っちまってるくれえなのによ、手足は煮びたしのミミズみてえにぶよ〳〵になっちまってる。いつかはでなきゃあなんねえんだが、でようとすると、からだ、それほどしんからあったまっちゃいねえから、すぐ凍りそうになるんだな」

毛「で、けっきょくどうやって出たんですか？」

師「だから、悲鳴あげた」
毛「あ、ほんとうに悲鳴あげたんだ」
師「『助けてくれ』ってな。そしたら、まっさおな月夜の下、旅館の番頭がにっこにこ笑いながら、まっかな練炭のせた七輪とでっけえ毛布もってゆっくりあるいてきやがった」
毛「あわてて飛んで来たんじゃなくて、笑いながらゆっくりやって来たんですか？」
師「『毎晩、こういうお客様が、かならずおひとりやおふたりいらっしゃいます』ってな。泥まみれのガチ〳〵にかじかんだ足ひきずって、宿にけえったときゃ、腹たってしょうがなかった。なんでこんな目にあわにゃならねえのかってな。けっきょく風邪ひいちまって、一晩のつもりが、一週間そこにとまることになっちまった」
毛「にっこにこ笑っていたのは、宿代計算していたのかもしれませんね」
師「もってった金、すっからかん。『旅に病んで金は枯野を散りまくる』。だがよ、あんときゃ、むしろせいせいせいした」
毛「せいせいしたんですか？」
師「ふしぎにせいせいした。なげえことかけてためてきたまとまった金をそんなふうにむだに遣うってのもいいもんだ」
毛「サグラダ・ファミリア大聖堂を、完成したその日に爆破させちゃうひとって、たぶん師匠みたいなひとなんでしょうね」

目に青葉山ほととぎす初鰹

毛「『目に青葉山ほととぎす初鰹』。前回の原句とおなじで、山口素堂という作者の名を知らなくても、この句を知っているひとは多いんじゃないでしょうか。『目には青葉』『目に青葉』世間では、どちらも通用しているようです。

間にあえば山ほどの傷つくらずを

『特急列車に駆け込み乗車しようとしてすでに閉まりかけているドアに顔面をいやというほどぶつけておもいっきり跳ね返された体が通りすがりのやくざの体にぶち当たってしまったためボコン〳〵にされた近眼の男のつぶやいた一句』という長い前書があります。作者、かなりの猛烈ビジネスマンなんでしょうね。

水桶のびちゃりと置かれ夏来たる

『魚屋にて』という前書があります。これも、ぜんぜん戯れ句にももじり句にもなっておりませんけど」

師「釣瓶井戸の底からひきあげた桶を店先の地べたにびちゃりッとおくと、たっぷりへえってる水が桶のふちからあたりに飛び散るんだな」

毛「灼熱の町なかで、そのあたりだけ空気が澄んでいるんですよね。そういう店、昔はよくありました。店先に出した大きな台の上に俎板置いて、そこで魚を捌く。そして俎板の上に残った内臓なんかを、その井戸水で洗い流す」

師「おれぁ、おっさんがすてちまうまえに、その内臓ただでもらってけえって、それ、おふくろが塩からにしたっけな」

ト「むかしから、ただのものをよく食べてたわけだ」

師「ありゃうまかったな」

毛「都内でも、井戸、けっこうありましたよね。わたくしの家の前は都電走っていたんですが、そんな都会の裏の路地にも井戸ありましたものね。珍らしくもなんともなく、みんなふつうに使っていました。

その井戸は、釣瓶井戸ではなくて、手漕ぎポンプ式の井戸でした。ポンプのてっぺんについている長い鉄の取っ手の端を握って上下させると、おおきな蛇口から水が出てくるってやつ。ガッチャンコ、ガッチャンコ、最初は金属同士を軽くこすりあわせているだけのスカ〳〵の手応えで、こどもでも片手で楽に上下させることができるんですが、四、五回目くらいに突然重たくなって、右手のひらにぐッと抵抗感が加わって来る。水の塊りを摑んだ瞬間のあの嬉しさ。すかさず、こんどは両の手で、全身に力を込めて上下させると、ポンプのてっぺんからも、蛇口からも、豊かな水が飛沫あげて溢れ出てくるんですね。がぼ〳〵溢れ出てくる水をみているとなんだか誇らしくなって、大人になった気分がしたものです。

それにいたしましても、井戸があっちこっちにあったということは、都会の地底に巨大な湖があったということなんですからね、これはとてもすてきなことです」

ト「都会の底に湖があったのか、湖のうえに都会がうかんでたのか？」

毛「どちらにしてもすてき。水の都東京」

ト「京都なんかも、地面の下はたっぷん〳〵の水だらけということである」

毛「そうらしいですね。年間を通してつねにお腹ん中に澄みきった水をたっぷりと蔵しているんですから、やはり京都、じつに豊かな土地といえますよね。

目に青葉翳《かざ》し透かせば子らの声

家族そろってのピクニック風景ですね」

師「つまらねえ句だ。句がつまらねえというよりは、この作者のやろうがつまらねえ」

毛「って師匠はおもっちゃうわけなんですよね。わたくしも独り身のときは、よくそうおもったもんです。妻子を連れた若い父親が、デパートのファミリー食堂なんかにいそ

〳〵出かけて行ってにったらこにったらこしているのみていると、わけもなく軽蔑したもんです。『あーあ、べったりと家族やってるなぁ』って」

師「ああはなりたくねえもんだ」

毛「ってね。ところが、いざじぶんが妻子持ちになったとたん、毎週休日の昼になると、三人でそのデパートのファミリー食堂に行って、にったらこにったらこしておりました」

師「つまらねえやろうだ」

毛「そういわれると反論できません。
ただ、それはそれといたしまして、この句、読みようによってはちょっと屈折しているんですよ。妻やこどもたちの遠い笑い声を聞きながら、あらぬ方を向いて曲げた両ひざに両ひじをついた格好でじっとひとり、目に青葉翳してその向こう側を透かし覗いている。幸せに満ちみちているこのひとときをそうやってじっくりと堪能しているのか、それとも、おれはこれでいいのだろうか？　という疑念のようなものがふと湧いてきているのか。どちらにしても、この作者、このとき、家族の中で、ひとりちょっと浮いているんですね。なにげない句ですが、透明な孤独感がひんやりとひと筋、流れているような気がいたします」

師「あんがい、ちょっとはなれたとこで、妻も目に青葉翳してたりしてな」
毛「つぎの句です。

　　　みつめればはにかむがごと雪はとけゆく

　初々しい作品です」
ト「『はにかむ』って?」
毛「羞ずかしがるってことです」
ト「だれがはずかしがってるのか?」
毛「どういう風にも取れますね。雪がはにかんでいるのか、作者がはにかんでいるのか、一緒に歩いている恋人がいて彼女がはにかんでいるのか、あるいは風景全体がはにかんでいるのか」
ト「ぜんぜんわからない」
毛「『はにかむがごと』という響きを素直に耳に送り込めば、眩ゆいばかりの光景が眼に浮かんでくるはずです」
ト「どうして『はにかむがごとく』ではなくて『はにかむがごと』なのか? 字あまりになるのがいやだったのか?」
毛「わたくしにわかるわけありません。作者に聞いてください。
　冬の終わり頃って、じぶんの中のなにかがほどかれてゆく解放感みたいなものもあるんですが、同時に、大事に胸の奥で守り慈しんできたものを根こそぎ奪い去られてゆく喪失感みたいなものにも襲われるんです。だから春めく頃って、あんまり好きじゃない」

ト「ぼくは、日本の春夏秋冬、ぜんぶ好きになってきた。これからもずっと日本で暮らしたい。

だから、いつかママをよぶつもりでいる」

毛「日本のこと『変な国』っておっしゃっているのに、来てくださいますかね？」

ト「くれば、ぜったい好きになる。俳句を好きになるかどうかはわからないけど」

師「あんがい好きんなって、じぶんでもつくりだすかもしんねえぞ。『目に青葉山ほととぎすハムサンド』なんてな」

毛「　　**目脂《めやに》をば山ほど溜めて初ギネス**

『ギネス初挑戦に失敗して』という前書があります。どのくらい溜めたんでしょうかね」

ト「ぼくのともだちも失敗した」

師「いろんなともだちいるんだな」

ト「自動車事故の全身複雑骨折で入院したとき、ひまつぶしにもなるということで三カ月間ずっと眼をつぶりつづけて溜めたそうである。一カ月くらいたったころ一度病室をたずねたときサングラスをはずしてみせてくれたけれど、つぶってるというよりもくっついちゃってる両まぶたの両はじに、茶色っぽいおおきなかたまりができていた。かわきかけたなっとう豆みたいに、皺がよってるのになんとなく艶々してて、指でつまめばニチーッとつぶれそうなかたまりであった」

毛「じぶんのからだから出たものや、じぶんのからだの一部分に、妙な愛着心みたいなものが湧くくんでしょうかね」

師「おれぁ、昔、夏のおわりんころになると、かならず足のかかとにでけえ水ぶくれができたんだがよ、それがつぶれると、なんせ皮のあついかかとのとこだからかなりぶあついかさぶたになる。それを剝くのがなんともたのしいんだが、そんなりっぱに剝けたかさぶたみてっとよ、つい、口にいれて歯でぶちぎりたくなるんだな。ぶちぎって、もぐ〳〵やってるうちに、とうぜんのなりゆきとして呑みこみたくなる」

毛「わかりたくありませんが、なんとなくわかります」

師「あんたもやるんだ」

毛「いえッ、やりませんよ。やるわけはありませんが、そういうかたってけっこういらっしゃるんじゃないかなとおもいますね。

髪をのばしつづけたり、爪をのばしつづけたり、そんなひとがギネスに挑戦しているところみたことありますけど、ギネスブックに載りたい気持ちもたしかにおおきな動機のひとつなんでしょうが、そもそもは、じぶんの体の一部を慈しみたい気持ちから始まったんじゃあないんでしょうか？　ギネス挑戦は、あくまでも髪をのばしたい爪をのばしたいという気持ちの延長線上におもいついただけのことだとおもいます。だから、ギネスに認定されたあと、すっぱりと髪や爪を切ったとき、かれら号泣してかりましたものね。ギネスに認定された喜びよりも、髪や爪を失ってしまった悲しみのほうがはるかにおおきかったようです」

師「で、その目脂のともだち、どうして失敗したんだ？」

ト「ギネス認定競技大会その日の朝、うっかり、みごとギネスに認定された夢をみてうれし涙をながしてしまったらしい。いつものように眼をつぶったまま器用にそっと眼をさましたときには、左右の目脂がすっかりとれてしまってたということである。でも三カ月つぶりつづけてたまぶたをあけたときの感動は、そうとうなものであったらしい」

師「そりゃそうだろな」

ト「晴れわたった朝の窓のそとから眼にとびこんでくるさまざまの色や形が、ひとつ〳〵匂うように感じられて、無神論者のくせに、この世はやはり神がつくったものにちがいないとおもったそうである。ちょうどリハビリもおわってその日から杖なしであるけるようになったから、よろこびはさらにふくらんで、ギネス初挑戦は失敗におわったけれど、こんなすばらしい朝をむかえることができたのは、ギネス挑戦のおかげですといってたらしい」

毛「成功はしたもののの ばしつづけてきた髪や爪を失って悲しみのあまり号泣していたひとたちと、この目脂青年、どちらが幸せなんでしょうかねえ」

がっくりと抜け初むる歯や秋の風

毛「杉山杉風の『がっくりと抜け初むる歯や秋の風』。老いの哀しさを、ちょっと突き放して詠んでいるところが余裕ですね。

柿の実のゆら揺れる枝《え》に鳥一羽

青空のもと、溢れるほど総身に実をつけた柿の木の、一本の枝だけが、ゆっくりおおきく揺れている。よくみると、その枝の実を一羽の鳥がせわしげに突っついているんですね。重たい実をたっぷりつけた枝が、一羽の鳥が乗っただけなのにゆっくりおおきく揺れている。その微妙な対比が、ある種の感じを出していますね」

ト「このあいだ、庭の柿をたくさん食べた夜、ぼくが柿の実になってしまったというこわい夢をみた」

師「かってにひとん家に住みこんで、かってにひとん家の庭の柿を食うからだ」

ト「ものすごい崖っぷちにはえてる柿の木の枝にぶらさがってるから、いまにもふかい谷底に吸い込まれそうでおしりがむず〳〵する。耳をすますと、枝から首筋におくりこまれてる樹液の音がかすかにする。樹液は、ゆっくりではあるがあとからあとからおくりこまれてくるから、ぼくの体はどんどん甘くふくらんでくる。下をみればふかい谷底。体はさらにぱん〳〵にふくらんでくる。首筋もさらにひっぱられて石のようにしびれてくる。そして、とつぜんブチッという音がして、首筋がふっとかるくなったとおもったら、谷底へまっさかさま」

師「やっぱり罰があたったわけだわな」

毛「そして谷底にぶちあたって即死？」

ト「『あーッ』というじぶんの悲鳴で、谷底につくまえに眼がさめた。汗びっしょりになってた。もう二度と柿は食べない」

毛「たしかに、ゆたかに実ってゆくということは、死に近づいてゆくことでもあるんですね」

師「柿は、寝るまえじゃなくって、朝食うもんだ。二日酔いなんぞケロリとなおる」

毛「　　たっぷりとあぶら浮かべて兜虫
　　スナップショット。安っぽい絵葉書なんかでよくみかける図です」
ト「かぶと虫つかまえてきて、リビングのすみのはりがねの虫かごでかったことがあった。えさのつもりで濃いめのさとう水しみこませたしろいガーゼをいれておいたのであるが、つぎの朝、ガーゼがまっくろになってた。蟻がびっちりすきまなくたかっていたのであった」
毛「蟻が寄ってくること、うっかりかんがえに入れてなかった」
ト「ちょっとかんがえればわかることなのであるがうっかりしてた。階段からおりてきたママ、しばらく失神した」
師「うっかり、といやぁつり仲間に信心ぶけえ爺いがいてよ。昔、放火魔に家火つけられて焼けだされたことがあったらしくてな。それからというもの、とにかくあっちこっちの神社仏閣まわって火除けの御札あつめまくった。で、十年前ちいせえながらも念願の一戸建て新築したときに、その御札ぜんぶ、家のまわりにずらりとたてかけたわけなんだが、去年の暮れもおしせまったころ、それにかたっぱしから火つけられて、またもや家全焼しちまったんだな。家のまわりにうすっぺらな木の御札ずらりたてかけておいたら、放火魔にしてみりゃ、どうぞ火をつけておくんなさいませってなもんだ。だれがかんがえたって、ひや〳〵もんなことぐれえわかりそうなもんだがよ、その爺い、うっかり、十年間、一度もそのことに気がつかなかったってえわけだ」

毛「十年間、朝から晩まで家のまわりにずらりと盲点が並んでいたわけですね。いままで火をつけられなかったことのほうが不思議です。それでそのお爺さん、大丈夫だったんですか？」

師「ひとり住まいだし、そんときゃ、いつものようにそとで飲んだくれてたらしいから、けがひとつしなかったそうだ。へべれけの午前様んなってけえってきたときゃ、家、かげもかたちもなかったってえことだ」

毛「いまどうされてるんですか？」

師「あっというまに無一文になったんだからあっというまに大金持ちになることだってあるだろうってんでいろいろでけえ商売かんげえてたとき、『いまや空前の俳句ブームである』ってこと小耳にはさんだらしいんだな。『じゃあ俳人になって俳句売りあるけばかなりもうかるかもしれない』ってんで、いま、全国放浪の旅にでてるらしい。俳句なんてもなぁ元手はタダだし、作れば作っただけ、売れば売っただけそっくりそのまままもうけになるんだからこんなおいしい商売はない、っていってたそうだ」

毛「いつの日か、立派な防火設備のついた超豪邸に住めるかもしれませんね。つぎの句です。

しゃくとりがなにを測るかこの夕べ

尺取り虫という名前のとおり、ひとが親指と人差し指で長さを測るようにぴったんくって全身をのび縮みさせながら歩みをすすめてゆくあの動きをみていると、神さまって不思議な生き物を造るもんだなあって、つくづくおもったもんです」

ト「このあいだ蟻の写真をとろうとファインダーのぞいてたら尺取り虫がやってきた。蟻のとなりの尺取り虫はものすごく巨大にみえた」

毛「たしかに体長三ミリくらいの蟻からみれば、四センチくらいの尺取り虫でも十三倍も巨きいわけですからね。一匹の尺取り虫がそばを通りすぎるだけでも、蟻さんにとっては一大事。

だって、もしわたくしのそばを、体長二十三メートルの巨大な尺取り虫が、暮れなずむ空を背にして、体液たっぷりの透きとおるような胴体をおおきくふたつ折りにのばしたり縮めたりして通り過ぎていったら肝つぶしますよね。で、やっと通りすぎてホッとしたとおもったら、こんどは身長が千メートル以上もあるトムさんみたいなひとが、巨大タンカーを伏せたような靴履いてずっしんくやって来る。おそらく生きた心地しないでしょう。

蟻さんたちは、来る日も来る日も朝から晩まで、そんな暮らしを強いられていたんですね」

師「蟻んなったことねえからぜんぜん気がつかなかったな」

毛「それにいたしましてもこの句、すばらしい。『しゃくとりがなにを測るかこの夕べ』神さまが造ったこの奇妙な虫。おだやかな夕べのほとりで、一体なにを測っているんでしょうね」

いもを煮るなべの中まで月夜哉

毛「芭蕉の戯れ句から始まり、近世俳人たちの戯れ句をいろいろ採りあげて、ああだこうだとしゃべくりあってきたわけですが、近世俳人シリーズは、今回でおしまいということに相成ります。

この句、森川許六の代表作ですね。おだやかで平和な夜のいも煮鍋。家族ひとりひとりの楽しげな顔が眼に浮かぶようです。最初の作品。

井戸深く消えゆく雪のゆくへかな

父の実家の庭に、もの凄く大きな釣瓶井戸がありましてね。夕暮れどきだったし、かなり深かったから井戸の底はぜんぜんみえない。そのみえない底にむかって、凄まじい雪が音もなく吸い込まれている。ふり落ちてゆくのではなくて、地の底へ猛烈に吸い込まれているという感じ。じぶんまでが吸い込まれそうな気がしてきて、あわててその場、離れましたね」

ト「柿になった夢おもいだしてしまった」

毛「あ、ごめんなさい。じゃあつぎの句にいきましょう。

身を捩《よじ》り嘆く空き家に蔦からみたり

こどもの頃、近所にこんな空き家が一軒ありました。崩れかかった木の塀のり越えて、降りた庭から眼をあげると、おおきな窓がひとつ、いつもこちらにむかって両開きにひらいておりましてね。爪さき立ちの格好でその窓の辺に両手の指をかけて攀じ登り、室内に飛び降りるんです。うす暗い板張りの室内は、いつも、湿ったような埃臭いような匂いがしんと漂っていて、その匂いが鼻腔にひろがると、体の芯のあたりにひんやりと鈍い光のようなものがよぎるんですね。あの一瞬の感覚。いまでもはっきり実感できるんです。なにかを盗みに這入り込んだわけでもなんでもなくて、家の中をぐるりひと巡りしたらすぐ帰るだけなんですが、なぜか入った瞬間、ちょっと甘美な犯罪者めいたこころもちになるんです。見知らぬひとの体内に無断で忍び込んだような、ぞくっとするような快感。誰しも、一度や二度は、これと似た経験あるんじゃあないでしょうかね。

うす暗い世界からの誘惑、うす暗い世界への一瞬の舌なめずり。いまでもわたくし、空き家みると、入りたくなります。もちろんもう立派な大人ですから入りませんけどね」

師「りっぱなおとなのくせに、無断でひとの空き家に住みつづけてるやつもいるがな」

ト「きのう、ともだちにてつだってもらって、家のなかの壁、ぜんぶぶちぬいた」

毛「なんでまた?」

ト「一階二階をそれぞれおおきなワンルームにすれば、どんなにおおぜいのともだちがきてもパーティーができる。おもったとおり、みちがえるようにきれいにひろくなったから、もううれしくてうれしくてたまらない」

毛「つぎの句です。

糸を引く白身まばゆき夏あさげ

卵かけご飯。熱っつあつのご飯のうえで生卵をパカッとやると、中身が糸を引いて落ちる。あとは醤油たらして、掻きまわすだけ。料理ともいえない、なんともシンプルな食べかたなんですが、卵をこれほど豊かに味わえる料理は、ほかにないとおもいます」

師「卵だけじゃなくて、飯のうまさも醤油のうまさも、こいつほどはっきりわかる食いもん、たしかにほかにはねえな。卵だけ呑んでも、飯だけ食っても、醤油だけ舐めてもこうはいかねえんだが、この三つをあわせると、とたんにうまくなる」

毛「それでいておっしゃるとおり、卵、ご飯、お醬油の味や香りが、それぞれしっかりと自己主張しているんですからね。不思議な食べ物です」

ト「日本にきて、はじめて下宿の朝食で生卵だされたときはびっくりした。どうやって食べるのだろうかとかんがえてると、となりにすわってたおなじ下宿人の学生が、卵かけご飯にしてうまそうに食べはじめた。みていてきもちわるくなったのであるが、あんまりうまそうに食べてるので、おそるおそるまねしてやってみてびっくりした。こんなにもおいしい食べかたがあったのかとおもった」

毛「わたくし、卵料理を食べるときには、いつもどうしても、おいしく味わうことは二の次の問題になってしまうんです。たとえば、レストランなんかで出てきたオムライス。まず上にかぶさっている卵をとりあえずぜんぶ食べちゃうんです。そしてそのあと、下に残ったケチャップライスを食べる」

ト「卵とケチャップライス、いっしょに食べなければ、オムライスとはいえない」

毛「そんなこと、百も承知しているんです。でも量が多いときなんか、そういう食べかたをしていかないと、最後に卵をのせたまんま残すことになるかもしれない。だから、まずは上にのっかっている卵をぜんぶ食べきる。もちろん、そんな食べかた、おいしくはありません。

月見蕎麦なんかもそう。上にのっかった生卵をつぶして、それをお蕎麦にからませながら食べるのが一番おいしいことくらい、百も承知しているんですが、でも、潰して汁と混ぜてしまうと、もしも最後の頃にお腹いっぱいになってしまって、その、卵がうんと混ざっている汁、ぜんぶ呑み干せないかもしれないじゃあないですか。だからいつも、月見蕎麦がくると、最初に、丼の真ん中におちょぼ口を突き出して、つるりと生卵だけぜんぶ吸って呑み込んじゃうんです」

ト「それも、月見蕎麦とはいえない」

毛「ところが卵かけご飯だけは例外なんです。卵かけご飯はじぶんで分量を決められるから食べ残す心配がいらないんですね。だから、卵から食べようかとかご飯から食べようかとか悩む必要がないんです。悩まなくても栄養は無駄なく完璧に摂取できるんです」

ト「でも、食べおわったあと、茶碗のうちがわに、卵がべったりのこるではないか」

毛「そこなんです、トムさん。あのですね、そのときのために、たくあんをひと切れかならず用意しておくのです。そして、そのたくあんをヘラにして、お茶碗の内側にべったり残っている卵をきれいに拭い取ってしまう。そのたくわんは、もちろん食べる。これで卵の摂取作業は完璧なものとなるのです」

師「おめえさん、卵の話んなると、ほんとに熱くなるな」

毛「すみません。また、長話になっちゃいました。最後の句です。

いとをかし清少納言ちとせ越へ

これも、原句の面影どこにもありません。近世俳人シリーズの最終作品なのに、もしかしたらいままでの戯れ句の中で最悪の作品かもしれません。ま、それはそれといたしまして、『枕草子』の清少納言、ほんとうにいまでも言葉が生きている。この句は、もそんな活きのいいぴちぴちの女の子が今もしほんとうにどこかで生きていれば、もう、千歳《ちとせ》を越えた超々婆さんになっているんだなぁ、と詠んでいる」

ト「かなりかわいてしぼんでいることであろう。動くサラミソーセージ」

師「それにくらべりゃ、おれなんざ、まだまだ若僧もいいとこだわな」

毛「わたくし、五十歳を過ぎた頃からは絵画をみたりするときなど、いつもこの句のような視点でみてしまう癖がついちゃってましてね。絵画の中の透きとおるような美少女なんかみていると五十過ぎのおやじのじぶんがつくづくしょぼくれてみえてくることがあるんですが、そんなとき、制作年代をみるんです。

『一六六五年』なんて数字がみえると、もう嬉しくなっちゃいますね。『やっぱりな、やっぱりそうだよな。これ、おれの生まれる遥か昔に描かれた絵なんだよな。この美少女は、このとき、おそらく十五歳くらいだろうから、一六五〇年頃の生まれ。一九五〇年生まれのおれより、三百歳年上ということになる。やっぱりな、やっぱりおもったとおりだ。うん、おれのほうが若い。三百歳も若い』」
ト「美術館にいって、そんなばかなこといつもかんがえてるのか？」
毛「若いトムさんには、このわたくしの気持ち、まだわからないでしょうね」
師「おれにもわからねえ」
毛「半分死んでいる師匠にも、わかるわけありません。わかるのは、わたくしだけです。見渡せば、その絵だけではない。あっちにもこっちにも、わたくしより三百歳くらい年上の透きとおるような美少女たちが、額縁の中で光り輝いているんです。なんという美しさ。そして、なんというわたくしの若さ。一作一作を念入りに鑑賞し、制作年代をしっかり確かめてから外に出れば、なんという青空。輝く樹々のいとをかし。かすめる風のいとをかし。舞い飛ぶ鳥のいとをかし」
ト「あんたが一番いとをかし」

～閑話～

『まだやってたの？』

また机の上に置かれていた葉書の全文である。

いくたびも雪の深さを尋ねけり

毛「近代俳人シリーズ第一弾は、正岡子規の『いくたびも雪の深さを尋ねけり』。凄まじい病床生活の中でよれよれになりながらも、近代俳句の先駆者として威勢のいい痰まじりの啖呵を切りつづけた人物ですが、つねにその心情だけは、すーっと透明に一本通っているようにおもいます。では最初の一句。

白足袋のけさの白さや初詣で

『けさの白さや』が光っておりますね。下ろし立ての無垢の白足袋が、新年の朝の空気にふれていきいきと呼吸を始める。あるいは、箪笥の奥に大事に仕舞われていた母の代からの白足袋が、純白に蘇る。日本ならではの、じつに静かなめでたさが境内に漂っていますね」

師「正月の神社の境内ってえのは、たしかにめでたさもただよっているがよ、おれぁ、あのスコーンと抜けたみてえな感じが、なんとも好きでな」

毛「たしかに、お正月って、神社はもちろんのこと、街の中も、なんとなくスコーンとおおきく抜けた感じがありますね。去年一年間の垢とあぶら汗を絞り切って、きれいさっぱりと乾燥している。空気が希薄になっていて、建物の輪郭なんかじつに鮮やかでひり〳〵している。

そういう清潔な空白感と仄かなめでたさとが、ほどよくブレンドされているのが、日本のお正月。

会うたびに相手の名前を尋ねけり

わたくし、こどもたちの小学校の会長をやっていたときなんか、えらい眼にあいましたからね。教師父兄はじめ大勢のみなさんはわたくしひとりの顔と名前を憶えるだけで済みますが、こちらはそうはいかない。

女性本部役員のかたとふたりで学校の前を歩いているとき、入学式とか卒業式なんかでなんとなく見憶えのある老人がにこにこ会釈しながらすれちがったので『ねえ高橋さん、いまのかた、なんてお名前でしたっけ?』って聞いたら『わたし、高橋じゃないですよ、斉藤です』って、睨まれたこともありました。それでもなんとかかんとか六年間やり通しましたから、名前なんか覚えなくても、にんげんそこそこやっていけるんですね」

ト「まよいこんできた子猫、もう名前つけたのか?」

毛「つけておりません。餌あたえておいてやれば、名前なんぞあたえなくとも、ちゃんと生きていけるんですから。

浅漬けに雪の深さをおもいけり

妻の実家で出される義母の白菜の浅漬け。雪の底に貯蔵しておいた白菜を、天然粗塩と赤唐辛子だけで浅漬けにするんですが、もともと冷めたくなっているやつを寒い土間のガラス鉢の中で漬けるから、嚙みしめると、ときどき薄い氷がしゃり〳〵解けて、それがとてもすてきなんです。深い雪の底から食卓にやって来た白菜を食べていると、ほんとにもう口の中のすみずみまで清らかになる。そしてこの句のように、嚙みしめるたびに、つい雪の深さにおもいを馳せてしまうんです

ト「このあいだ原っぱにつもった雪をみてたとき、ビーフシチューをつくって雪の底にうめたらどうなるんだろう？　というアイデアがうかんだ。ホームパーティでは毎回ぼくのビーフシチューすごく人気あったから、さっそくじっくり何時間もかけてつくったビーフシチューを、針でところどころ穴あけたタッパアにいれて、雪の底にうめた」

毛「雪国でしかできない料理ですね」

師「高野豆腐とか寒天なんかも、寒いとこでしかできねえらしいな」

ト「東京なんかではおもいもつかない雪ぶかい土地ならではの画期的独創的料理。だからメニュータイトルは『ビーフシチュー雪さらし風味』」

師「『雪さらし』ってなんだ」

ト「和紙づくりをはじめたともだちにおしえてもらったのであるが、和紙をつくるとき、まず、その原料である木の皮を『雪さらし』にするらしい。雪にさらすとその雪が木の皮に化学変化をもたらして、うつくしくじょうぶな和紙ができあがるそうである。ビーフシチューだって雪のうつくしい化学変化をあたえてやったらぜったいおいしくなるはず」

毛「で、お味のほうはいかがでした？」

ト「三日間ほどしてから、タッパア入りのこおったビーフシチューを常温にもどしてそれをさらに鍋であったためてわく〲しながら食べてみたのであるが、どうってことのないふつうのビーフシチューであった」

毛「つまり、画期的独創的料理をおもいついてさんざん苦労して完成させたわけだけれども、よくよくかんがえてみたら、そこいらで売っている冷凍レトルト食品とおんなじものを作っただけの話」

ト「『雪の底にうめた』って、ことばでいえばひとことであるが、それだけでもかなり時間かかった」

毛「志は高かったんですよね。わたくしも、昔、初めての懐妊告知を受けた妻に、特製の冷製野菜スープを手間暇かけて作ったことがあるんです。ベースとなる生の完熟トマトをはじめ、セロリ、パセリ、人参、外国産の岩塩、粒コショウ、香草、香辛料を買い集め、それでまず熱い野菜スープを作り、しっかりと裏漉しする。それを室温でゆっくり冷ましながら味をなじませたあと、最後に冷蔵庫で冷やして完成。色も味も香りも、まったく問題なしでした。

キンキンに冷やしたワイングラスに注いで妻に出したんですけど、妻はたったひと言、『このトマトジュース、どこのメーカーのやつ?』でした」

師「トムもあんたも馬鹿野郎としかいえねえな」

毛「最後の句です。

いくたびも雪の深さを訪ねけり

これ、たしかに戯れ句であり、もじり句なんですけど、じつはわたくしつい最近まで子規の原句を、この句のように諳んじていたんです。つまり『誤読』していたんです。『いままでにもいくたびとなく訪れたこのなぜかこころに沁みる雪深い里。気がついたら、きょうもまた私はいつのまにかここに来て、ひとり、雪の深さにおもいを寄せているのだなあ』そういう感慨を吐いている句だとおもっていたんです。

ところが、今回この鑑賞会のためにあらためて子規についての研究書を読んだら、『訪ねけり』ではなくて『尋ねけり』なんですね。俳句にはほとんど興味のなかったわたくし、子規の名やいくつかの句くらいは知っていたものの、この句を詠んだときの彼の生活背景などまったく頭になかったから、まさか蒲団にくるまったまま、庭の雪の深さを妹に『尋ねて』いるのだとは、夢にもおもっていなかったんです。今回あらためて読んだときだって、『尋ねけり』とたしかに印刷されているにもかかわらず、わたくし、それを『訪ねけり』のつもりで読み味わっていたんです。ところがちょいとその横の『評釈』を読んでびっくり。『えーっ？　そういうことだったのーっ？』ってな感じ。何十年間も、根底から誤読していたんですね。知らず知らずに、わたくしの中でもじり化していたことになります」

ト「芭蕉の『五月雨を集めて早し最上川』だってそうであった。ぼくはあれ、ゆうぐれ、川岸ちかくの高台に立って詠んだ句だとおもっていた。するどくつきさすように降っている雨のしたを、ものすごくうねりながらながれている最上川。ちいさな雨粒でも、あつまればこんなにもものすごい流れとなる。そういう句だとおもってた。でもじっさいは、あかるい昼間、芭蕉じしんが舟にのったときの句らしい」

毛「トムさんのその解釈、すばらしいとおもいますよ。縦に降りしきる雨と、凄まじくうねりながらずっしりと横に流れている大河。

たとえばあの蕪村の名句『五月雨や大河を前に家二軒』。あれなんかぜったいその句から影響受けているとおもうんですが、おそらく蕪村も、トムさんとおなじ解釈の仕方で読んでいたんじゃあないでしょうか。

そう解釈したからこそ蕪村のこころを動かしたんだとおもいますし、蕪村のその『誤読』がなかったら、『五月雨や大河を前に家二軒』という名句は生まれなかったんじゃあないでしょうか」

糸瓜《へちま》咲て痰のつまりし仏かな

毛「きょうの原句も子規です。

秋の夜《よ》は彫り深まりし仏かな

原句とちがって、この仏は、お仏像。秋の夜の冷気にふれて、お仏像のお顔やお姿の彫りが一段と深くなったようにおもえたんでしょう。静かな作品ですね」

師「ときどき仏像、みたくなるな」

毛「お仏像をじっとみつめているだけで、全身が吸い込まれてゆくというか包み込まれてゆくというか、とにかく身もこころも赤児のようになってゆきますよね。柔らかに抱かれ、ひたすら守っていただいているというような安らかな心地になる。神様は、その点、恐ろしい。拝んでいても、いつ神殿の奥から獣のような声が吹いてくるかもしれないという微かな畏れがよぎる。こどもの頃わたくし、自宅の鴨居に造りつけた神棚に向かって、夕食前、かならず三十分くらい両手を合わせてぎゅっと眼をつぶって拝むのが習慣でした。とにかく『もうしません。ゆるしてください』みたいなことをずっとつぶやいていたみたいです。ぼくを守ってください、ではなくて、ぼくを懲らしめないでください、だったみたいです」

師「そういえば、神の祟《たた》りってえのはきくが、仏の祟りなんてえことば、きいたことねえもんなあ」

ト「きのうひさしぶりに鏡でじぶんの顔をじっくりながめてたのだが、秋になったせいか彫りがふかくなってた」

毛「ご本人がおっしゃるんですから、そうなんでしょうね」

ト「夏より利口そうな顔になってた」

毛「ご本人がおっしゃるんですから、そうなんでしょうね」

ト「こんどの冬は凍りつくようなさむい日がつづくそうであるから、たぶんこのまま固定するはずである」

師「そのあと、春がきて、夏がきたらどうなるかだな」

毛「　　**落葉焚いて天を仰げば喉仏**

落葉焚きで火照った顔をあげると一面に天が張りわたっており、気がつけば、じぶんの喉仏がぬっくと剝きだしになって冷めたい風に晒されている。このひんやり感、いいですね」

師「ちかごらぁ、街なかあるいてても、焚火してるの、みかけなくなったなあ」

毛「条例かなんかで禁止されているんでしょうかね。煙たいことは煙たいんですけど、あれ、いいもんですよね。

晩秋の、陽が傾きかける頃、ひと気のない住宅街の曲がりくねった狭い道を歩いていると、古い板塀の向こうでパチ〳〵いう音がして、煙があがっている。その煙が道のほうへ下りてきていて靄のように立ち籠めているところに、どこからか射し込むよわ〳〵しい陽光が斜めの筋をつくっているんですね。犬を連れた老人が通ったりすると、漂っている煙は一瞬、老人の服や犬の毛にまとわりつくんですけど、かれらが通りすぎてしまえば、煙はその場でしばらくゆら〳〵たゆたったあと、また、あたりの煙に静かに馴染んでゆく。そしていつのまにかよわ〳〵しい陽光がまた斜めの筋をつくっている。

襖あけて亡母《はは》は来たりし秋午前」

師「この年んなってもよ、ときどき、こういうことがあるんだな。おふくろは、わけえころ死んじまってるからよ、襖あけて入って来るときゃ、とうぜん、いまのおれよりはるかにわけえわけだ。なのによ、やっぱり、おれにとっちゃおふくろにちげえねえんだな。おふくろ以外のなにものでもねえ」

毛「わたくしの家の襖もときどき開きますね。父は、長い闘病生活のあとに、いいかえれば母や姉たちの手厚い看病生活のあとに亡くなったものですから、父もそれなりに納得できたであろうし、残された者もみなそれなりに納得できたのではないかとおもうんです。そのためでしょうかねぇ、父はずっとおとなしく真面目にお墓の中で眠っている。突然襖を開けて入って来るなんてこと、まずない。

ところが、母は、いま父とおんなじお墓で眠っているはずなのに、ときどき、にっこ〳〵襖開けて入って来るような気がするんですね。独り住まいの大きな屋敷の風呂場で、足を滑らせての急死だったものですから、わたくし、いまだに母が亡くなったことがぴんときていないのかもしれません。いまだに、母の死が納得できないんですよ。納得できないんですが、でもどこ見渡しても、母の姿がみあたらないことだけはたしかなんです。わたくしにはもう手も足も出すことができない。謝りたいこと、報告したいこと、山ほどあるのに、それができないことだけはたしかなんです。

そんなときなのかもしれませんね、襖が開いて、母が入って来るような気がするのは」

師「入って来て、すっと消える」

毛「ええ、入って来て、すっと消える。で、明かるい秋の午前の部屋には、にこやかな気配だけが残るんですよね」

ト「あんたの家の名なしの子猫、母親はどんな猫なのか？」

毛「ご近所のどなたにお聞きしても、どんな猫なのか、どこにいるのか、知っているかたはおりませんし、第一この世にまだいるのかどうかもわかりません」

ト「子猫、そとで母親とでくわしたら、わかるのであろうか？」

毛「どうなんでしょうねぇ。わたくし猫になったことありませんからねぇ。でも実際の話、猫なんてものは、それこそ猫も杓子もみんなおんなじような顔しているし、おんなじような体つきしているし、おんなじような歩きかたしているから、もし見分けることができるとすれば、いったいどこで見分けるんでしょうね」

師「あんがい、にこやかな気配がただよっててよ、それでわかるのかもしんねえな」

柿くへば鐘が鳴るなり法隆寺

毛「『柿くへば鐘が鳴るなり法隆寺』きょうの原句は、子規の、あまりにも有名な句です。『柿』『鐘』『法隆寺』この三つの言葉がいつ読んでもおさまるべきところに正確な重量で正確におさまっていて、ほかの言葉と交換できない。そしてぶっきら棒な句なんですけど、読むたびに、ありがたい時間がやって来る。なぜなんだろう？　とおもってもよくわからない。仏頂面した十三文字が、縦に一筋並んでいるだけ。誰にでも作れそうで、作れない句です。

柿くへば種がにゅるにゃり法隆寺

ありがたい時間、やって来そうにないですね

師「あの柿の種のまわりのにゅるにゅる。舌のさきで上あごにぐッとやって、種からつるりッて取れると、『やったぁ』っておもうんだな。それでよ、かたい種をおちょぼ口でふきとばしてから、そのにゅるにゅるをゆっくりのみこむとよ、のどの奥がいがらっぽくなるくれえ甘くってなぁ。実の部分よりもうめえ」

毛「たまに、つるりッと取れなくて、硬い種にしつこくこびりついちゃっているときもあるんですけど、そういうときは無性に腹が立つんですよね」

師「実のほう食うのは、おまけみてえなもんだ」

毛「ほんとにそうですね。にゅるにゅると種との分離作業。ちょっと面倒臭くはあるんですが、あれに夢中になると、実のほうはどうでもよくなっちゃう」

ト「日本にきてはじめて食べたゆでたカニ料理。はじめは、殻から身をほじくりだすのがめんどくさかったのであるが、いつのまにかそのめんどくささが楽しくなってきて、

やめられなくなった。ああいう食べかたは、いままでしたことがなかった。いちど、旅館のおかみさんが、ぼくがガイジンだったからなのか、親切に、ぼくのまえでおおきな殻からきれいにとりだした身を、皿にならべて出してくれたことがあった。中身だけを皿にならべるとおもってたよりずっとすくないのでびっくりしたし、おいしいことはおいしかったのだがひとくちでなくなってしまったのでなんとなくキョトンとしてしまった。カニは、やっぱりじぶんですこしずつほじくりながら食べるのが一番おいしい」

毛「傍からみるとずいぶんやりにくそうにもたく〳〵やっているようにみえるかもしれませんが、本人にしてみれば楽しくて大切なひとときなんですよね。それを横から手伝ってくれたりされると、ちいさな親切よけいなお世話、ということになる。

錠《かぎ》かえば妻とふたりの秋の夜

わたくしたち夫婦も、いずれこういう秋の夜を迎えるんでしょうねぇ」

師「かかぁがもどってきたら、おれもこんな秋の夜むかえるわけだ」

毛「そういわれてみればそうですね。わたくしたち夫婦の場合は、こどもたちがみな去って家の中に妻とふたり取り残されるわけですけど、師匠の場合は、おたがい侘びしい独り住まいから夫婦水入らずの暮らしに戻るわけですものね。

そうなったとき、師匠夫婦とわたくしたち、どちらが幸せなのか？」

ト「かかぁ、いまでもときどきどこかに出没してるのか？」

師「たまに近所のやつらが知らせてくれるから、すっとんでくんだがよ、いまだにいきあえねえんだな」

ト「いまでも、すっとんでくのか？」

師「ふだんはわすれてるつもりなんだがよ、知らせきくと、すっとんでっちまうんだな。体がかってにうごいちまう」

毛「失礼ですが、奥さま、いまおいくつになられるんですか？」

師「おれよりは下だけどよ、百はこえてるはず」

毛「おふたり合わせて二百数歳。すごい生活が始まるわけですね」

師「新婚気分になっちまうかもな」

毛「想像するだけでもじつに美しい光景ですねぇ」

ト「じつに美しくない光景かもしれない」

毛「チャーミングじゃあないですかぁ。ぱっさぱさのおふたりが花のように水分取り戻してゆくところ、ちょっとみてみたいですね。それにいたしましても師匠や奥さまくらいの年齢のお方を縦に二十人くらい繋げると二千歳を超えちゃうわけですから、二千年前、つまり紀元前なんてそれほど大昔ってわけじゃあないいんですね」

ト「あんたの家は、名無しの猫がいるから、ふたりっきりというわけでもないな」
毛「でも猫は猫ですからね。家族の一員にはなれない。妻はもうメロ〳〵なんですけどね」
師「かぁちゃん、いまでも猫の俳句つくってんのか？」
毛「えぇえぇ、作ってるんですよお。このあいだも、一句できたといってみせてくれたんですけどねッ、これがけっこうおもしろいんです。
迷子《まいご》猫ちゃん甘噛みどこでおぼえたの？
ねッ、いいでしょう。『迷子猫』に『まいご』なんてルビ振ったり、『ちゃん』付けしたり、句尾に『？』マークつけたり、素人丸出しのにわか俳人だからかなり強引な荒技使ってはいるんですが、でもねッ、これ、けっこういけるでしょッ？」
ト「『甘噛み』ってなんだ？」
毛「相手が痛みを感じない程度に、加減して軽くハグ〳〵噛むこと。うちの猫、ほんとにこうなんですよ。けっして強くは噛まない。母猫にこのような優しく慈しむような噛みかたをされていたのか、それとも、あちこちの家で手から餌をもらっているうちにいつのまにかこんな習性を悲しく身につけたのか、よくわかりませんが、ほんとうに、いつどこで覚えたんだろうと感動いたします。相手の痛みを推し測ろうとするうちの猫。名もなく優しく美しく、淡い黒と白のけなげこのうえもないちいさなうちの猫。こんな猫、みたことない。たぶん、どこにもいないとおもいます。テレビＣＭに出てくる可愛い子ぶって猫被っているあんなちゃらくした子猫ども、たぶん甘噛みなんてデリケートなこと、知らないに決まっているんです。飼い主の指が血まみれになるくらい、おもいっきり無神経に噛みついているにちがいありませんね」

師「あんた、やっぱり、もうおしめえだな」

毛「つぎの句です。

たたずめば影も佇む冬三時

気ままに降りた街をぶらりひとり散歩していて、ふと出会う場面ですね。冬三時というと、陽射しは明かるいことは明かるいんですが、その明かるさの中に、すでにどことなく鈍色の疲れが現われはじめている時刻。そして、足もほどの良い疲れを覚える時刻、でもあるんですね。つまり、お茶の時間となるわけです。

先日、郊外の街のちいさな喫茶店に入りましてね。窓際のちいさなテーブル席に座って、マスターらしき、おだやかな笑みを浮かべている小柄な老人にコーヒー頼んだんです。わたくし以外に客はいない。

ゆっくりと手回しミルで豆を挽いて、ゆっくりとサイフォンで淹《い》れてくれたコーヒーを、ゆっくりと持ってきてくれたはいいんですけど、そのまっ黒な飲物、ゆっくりと淹れてゆっくりと持ってきてくれたおかげですっかりぬるくなっちゃっているし、香りもなければ味もただ苦いだけでしてね。たぶん、客がほとんど来ないから、豆がしけっちゃっていて、そのしけっちゃった豆をむりやり挽いて出すから、客はますます来なくなったんでしょうね。でもマスター、客が居ようと居なかろうとどこ吹く風といった感じ。といって、なげやりな感じは微塵もなくて、やることなすことすべてゆっくり丁寧なんです。

おかしなもので、そうなると、そのコーヒーのまずさが気にならなくなる。気にならなくなるどころか、そののんびりとしたまずさがひとつの個性におもえてきまして、むしろありがたみさえ覚えてくるんですよ。コーヒーなんてものは、香りも味も良ければもちろんそれに越したことはないんですけど、たいていは気分で飲むものであり、あるいは気分を飲むものなんでしょうから、その意味では、あれ、最高のコーヒーでしたね。

旬食えば金がなくなり風流人」

師「こないだちょっとした金がへえったもんでよ、五十年ぶりに松たけ食った。ちいせえやつ一本をうすく裂いて出してくれたんだがな、酒一本と松たけだけで、有金ぜんぶふっとんじまった」

毛「さすが風流人。ほんのちょっとの旬のものに有金ぜんぶ遣い果たしちゃった」

ト「風流だかなんだかしらないけれど、あんなうすっぺらいカンナくずみたいなものの、どこがおいしいのか?」

毛「たしかに、松たけってどんな味？　って聞かれても、なんとも答えようがないですね。ほとんどたらした醤油と柚子の味だけで、本体そのものは無味乾燥の木屑みたいでおいしくもなんともない。松たけ、味は二の次で、やはり匂いを楽しむものなんでしょうね」

ト「その匂いだって、あばら家の陽あたりの悪い廊下みたいな匂いで、鼻の奥がさびしくなってくる」

毛「最後の句です。

雁がねや夜《よ》を従がへて音もなし

じつにおおきな作品ですね。『夜を従がへて音もなし』、ふたつのS音の『し』が、たがいに響きあって、夕暮れの深い奥行きが、一読、ひろがります」

ト「ぼくも一度、旅先で、ものすごいやつをみたことがある。枯野の地平にひろがってる真っ赤な鉄の溶岩みたいな夕焼けをみてたとき、ぼくの背後から雁の大編隊があらわれたのである。すえひろがりの大編隊で、すくなくとも五、六十羽はいたであろうか。

編隊全体が一対の翼みたいになって、それが、夕焼けの地平線にむかって音もなく滑っていく。みんな長い首を前方にまっすぐのばしてるのであるが、一羽も鳴いてない。羽音も聴こえない。ゆっくりと高くなり低くなりしながらだんだん遠去かっていく大編隊をみてると、まるで、夜をおおきな網《あみ》で曳いていくようにもおもえたのであった。ほんとうに、息を呑むような光景であった。

そして、気がつくと大編隊も夕焼けもこの世から消えていて、立ちつくしているぼくのまわりには、雁たちが曳きつれてきた夜がいつのまにかいちめんに降りているのであった」

師「そんなものすげえ雁の大編隊、夢でもみたんじゃあねえのか？」

ト「いまおもうと、ほんとうのことだったのか夢のなかの出来事だったのか、よくわからない」

毛「それにいたしましてもこの句、原句をどうひねればこんな句に辿り着くんでしょうねえ」

春風や闘志いだきて丘に立つ

毛「きょうの原句は高浜虚子。『春風や闘志いだきて丘に立つ』。わたくしは『しゅんぷう』

と読んでおりましたが、どうやら『はるかぜ』と読むらしい。ま、どちらにせよ、この句のどこがいいのか、わたくしにはわかりません」

毛「どれもこれもドングリの背くらべ。最初の戯れ句です。

ト「『春風やママの電話に腹が立つ』」

師「『春風や若かりしかかぁ夢に立つ』」

春風や障子へこみてふくらみて

和室でしか味わえない季節感ですね。『へこみてふくらみて』の『て』の音の繰り返しが効いています。閉め切った障子の紙が、家のどこからか入ってくる春風のせいでハタ〲音立ててへこんだりふくらんだりしている様子を、うまく表現していますね。冬のあいだの障子はパン〲に乾いているんでこうはならないんですけど、春になってやんわりゆるんでくると、ときたまこんなことになるんですね」

師「おれの部屋なんざすきまっ風だらけだからよ、春風、じかに堪能できる。ただ、うっかりしてっと風邪ひくんだな。春の風邪ってやつはだら〲ながびくんだわ」

ト「ちいさいころ、風邪ひくと、かならずママがアイスクリームかってきてくれた。それも、肩がひえるといけないからといって、かけぶとんをあごのしたまでギュッとずりあげてくれて、ママがスプーンで食べさせてくれた」

師「あんなうれしいことはなかったな。ちょっとしたお坊っちゃま気分」

毛「アイスクリームだとか、バナナだとか、本物の葛粉で作った葛湯だとか、ふだんめったに口にできないものが、頼まなくったって向こうからやって来る。なんとなく夢見心地になって、ふと横を向くと、この句のように、明かるい障子紙がときどきハタ〳〵と音を立てておりましたっけ。

ビル風に帽子抱きて涙ぐむ

これ、よくわかります。じつによくわかります」
ト「ぼく、これ、なにいってるのか、ぜんぜんわからない」
毛「あたりまえです。トムさんなんかにわかるわけないじゃぁありませんか。でも、わたくしにはわかる。この作者の深い嘆きと悲しみと怒りが、手に取るようにわかるんです」
ト「手にとれないからわからない」
毛「じゃあ、わからせてさしあげます。この作者、髪薄いんです」
ト「ますますわからない」
毛「まぁね、トムさんのような髪の悩みを知らぬ者にこの作者の苦悩をわかれというのが土台無理なんでしょうけどね」
師「おれにもわかんねえ」
毛「あたりまえです。師匠なんかにわかるわけないじゃぁありませんか。師匠みたいな、完全なハゲといってもいいおひとには、やっぱりわからないんだとおもうんです。

いいですか。この作者は、完全なハゲではなくて『髪が薄い』んですよ。つまり、『中途半端』なんです。このきわめてデリケートな事態に陥っている作者の心情、もっとおもんぱかってあげなくてはいけないとおもうんです」

師「やっぱ、わかんねえ」

毛「師匠、櫛《くし》、持ち歩いておられますか?」

師「いんにゃ」

毛「でしょうね。つまらない質問でした。でもね、この作者、つねに持ち歩いているんです。ぜったいの必需品だからです。髪の薄いにんげんにとって、櫛というものは髪形を整えると同時に整えながら地肌を隠すというもうひとつのじつに重要な役目を持っている道具だからなんです。師匠、帽子、持ち歩いておられますか?」

師「いんにゃ」

毛「でしょうね。これまたつまらない質問でした。暑いとき寒いときにはやむをえず被ることあるにしても、ま、ふだんはまず帽子なんか必要ないわけです。でもね、この作者、つねに持ち歩いているんです。こういう髪の薄いにんげんには、ぜったい手離すことのできないこれも必需品なんですよ。櫛、そして帽子。このふたつは作者にとってぜったいに手離すことのできない大事な道具なんです。

うららかな春風そよぐある日、この作者、おそらく恋人か女友達と会う約束でもあったんでしょう。家を出る前、おそらく鏡みながら入念に愛用の櫛で髪を整えたにちがいないんです。ゆっくり整えながら、そして、さら地になりかけている地肌がなるべくみえなくなるようにゆっくり貼りつけながら、ひたすら梳かしつづけたにちがいないんです。

そして愛用の中折れ帽子。もちろん被るときは、せっかく整え貼りつけた髪形を崩さないように、注意深く、そっと〳〵被ったことでしょう。彼女の前の席についてそっと〳〵帽子を取ったときの状態を充分考慮に入れながら、そっと〳〵赤児を寝かしつけるようなおもいで被ったんでしょうね。

ところが悲劇は突然やって来た。

ひさしぶりに会う彼女の顔おもい浮かべながらうき〳〵歩いてきたところまではよかったんですが、あとすこしで喫茶店という街角を曲がったとたん、さきほど来の春風が、突然猛烈なビル風に変身して吹いて来たから、ひとたまりもない。帽子吹っ飛んじゃった。あわてて追いかけて泥だらけの帽子を拾いあげたはいいけど、そのときこの作者、苦心のすえの髪形がどうなったか、頭に手をあてるまでもなくわかったんでしょう。『汚れっちまった悲しみ』みたいな帽子を胸にギュッと抱いて呆然と佇んでいる作者の鼻の奥にはツーンとしたものがよぎり、眼頭には熱いものが込み上がって来たにちがいありません。乱れに乱れた頭には、ふたたびみたび猛烈なビル風がこれでもかこれでもかと襲ってくるんですが、一度乱れてしまえば、あと何度乱れようとおんなじことですので、気にもならない。気にもならないどころか、唇には『風よ、風よ、ビル風よ、もっと〳〵吹きまくれ』なんて詩みたいなセリフすらのぼって来るのでした」

ト「けっきょく、彼女には会ったのかな?」

毛「どうだったんでしょうかね」

師「それにしてもよ、あんた、この作者のきもち、なんでそんなにわかるんか?」

毛「つぎの句です。

こっそりと冬至来たりて街に立つ」

師「冬至ってのは、いつもこっそり来てこっそり去ってくんで、気がつかねえんだな」

毛「天皇誕生日、クリスマス、大晦日、お正月と、有名な日が目白押しの頃に来るからなんでしょうね。しかも冬至本人が暗いやつですから、ほとんどのひとは気がつかない」

師「冬至ってえ日は、これから世間がだんだんとあかるくなっていく最初の日なのにな」

毛「ええ。それかんがえると、クリスマスや大晦日や元日よりも重要な日なのかもしれませんよね。

春の宵尼ら光りて堂に満つ

春の宵、舗道に面した庭の奥の礼拝堂に眼をやると、大きく開かれた窓の向こうに、たくさんの尼僧がゆら〳〵居並んでいる。みな、それぞれ一本の燭台を持ち、その光が顔にあたって、堂内に、神々しいような、艶めかしいような空気が充満している。通りすがりにふと眼にした光景を、静かにとらえています。

最近、近所のちいさな古家に、遠い地方から三人家族が越して来ましてね。両親と十歳くらいのおとなしそうな男の子がひとり。夜、煙草買いに行く途中、低い塀越しに、まだカーテン取り付けていないちいさな明かるいリビングルームが丸見えだったんです。その男の子が、なんとなく疲れた感じで、まだ家具のないリビングルームの壁にひとり背をもたせかけて足投げ出して座っていたんです。それみたとたん、なぜかしら鼻の奥にツーンとしたものがよぎり、眼頭に熱いものが込み上がってきましてね」

師「きょうは、やたらよぎったり、こみあがってきたりするな」

毛「もうなんとも愛おしくなってきちゃいましてね。前の学校の友だちや近所の幼な馴染みと別れることになっちゃってかわいそうだなぁ、とか、そういうんじゃあないんですよ。そういうんじゃあなくて、親犬のあとに従う子犬のように、この男の子は、親のあとについて遠いところからこの家にはる〴〵やって来たんだなぁ、そして、これからはずっとこの未知の土地の未知の家で暮らしてゆくことになるんだなぁってもったら、ギュッて抱きしめたくなっちゃったんですね」

師「どこの家族だって、引っ越しんときゃ、みんなそうだろが」
毛「それはわかっているんですよ。わたくしだって、かれの親たちとおんなじことやってきたわけですからね。ただ、なんというか、生きものというものは、その親のもとに生まれた以上、あとはひたすらはぐれないように親のあとについてゆくしかないんだなぁとおもったら、抱きしめたくなっちゃったんです。最後の句です。

春風やどこかで誰か転んでる

理屈抜きで納得できちゃう句ですね。道歩いていて、沈丁花なんかの匂いを含んだ明かるい春風が吹いて来たりすると、たしかにこんな気がいたします。たしかに、どこかで誰か転んでる」
ト「なぜ転んでるのか?」
毛「春だからです。そして、転んではいるんですけど、不思議と怪我をしない」
ト「なぜ怪我しないのか?」
毛「春だからです」
ト「きょうは、わからない句がおおい」
師「ちかごら春めいてきたせいか、うらの路地にさかりのついた野良猫どもがギャアくうるさくってな、石なげつけたくなる」
毛「うちの猫はそんなことはございませんね。毎日のように庭に来る汚ならしい猫などには眼もくれず、家の中をしなやかにゆら〳〵歩いているか、あとは静かに眠っているかだけです。それにいたしましても、猫というものはよく眠るもんですね。ほとんど一日中眠っている。眠るために生まれてきたのかとおもうくらい。もちろん平日であろうと休日であろうと関係なし。あしたは月曜日で朝礼あるから今夜は早めに寝よう、なんてこともない。

ま、かんがえてみたら、猫にかぎらず、すべての動物や植物、山や川や海や空、つまりにんげん以外のものにとっては、曜日なんてもの、関係ないんですからね。曜日に左右されるのは、にんげんだけ」

師「おれぁぜんぜん左右されねえがな」

毛「やっぱりにんげんじゃあないのかもしれませんね」

去年今年貫く棒の如きもの

毛「どうもやはりわたくし、虚子は苦手ですね。コメントのしようがない。

去年今年にぎわう道の落とし物

師「年越しんとき、除夜の鐘ききながらひとごみんなかあるいてっと、かならずひとつやふたつ落とし物がころがってんだな」

毛「落とし物、道端にポツンとひとり取り残されてさみしく年を越している」

師「落とし物、おれなんぞこの歳んなるまでかぞえきれねえほどしてきてるのかもしんねえな」

毛「物だけではなくいろいろな大切なものをいくつも落としてきているのかもしれないのに、それに気がつかず、それどころか、そんなものを昔じぶんが持っていたことすらすっかり忘れているのかもしれません」

師「落とし物っちゃ、こないだの夕方、けえったらおれんちの玄関前の路地にハンカチが一枚落ちてたんだな。なんとなく気になってよ、ひらってよくみたら、いくつもの薔薇の刺繍がへえってる絹の高級品でな、みおぼえがある。そとんでるときにハンカチなんぞもってかねえからおれが落としたもんじゃあねえことはたしかだしよ、近所のみんなにもきいてみたが、だれもこころあたりはねえってことだった」

毛「もしかして、奥さまがいらしたんじゃあないですか？」

師「それっきゃかんげえられねえんだな」

毛「うっかり落としてしまったのか、あるいは、わざと落としていったのか、どちらにしても、いらっしゃったことだけはたしかなんじゃあないですか？」
師「どうみても、なけなしの金でかかぁに買ってやった誕生プレゼントにちげえねえんだわ。かなりむりしたからよくおぼえてる」
毛「で？」
師「でって、それでおしまい」
毛「そのあと、連絡はなし？」
師「なし」
毛「そのハンカチは？」
師「部屋のタンスのおくにしまってある」
毛「いつかそっと取り出して、おふたりでひろげて眺める日が来るといいですね。

春の夜をすぎゆく能の如きもの

夜、おおきな風が吹くと、あたりの月あかりの中をさらに薄い光の膜のようなものがひか〳〵とよぎってゆくことがあります。木の葉にあたった月光の乱反射なんでしょうけれど、この作者、そのひか〳〵を、能の如きもの、と表現しています。能を舞うひとや鼓を打つひとがみえたわけではなく、能の実体みたいなものそのものが、ひか〳〵とよぎってゆくようにみえたんでしょう」
ト「一度、能をみにいったことがあるが、うつら〳〵しながらみてたので、夢のあいまに能があらわれたのか能のあいまに夢があらわれたのか、いまだにはっきりしない」

毛「ある意味、正しい観かたなのかもしれませんね」

ト「能面って、だれかににてるようで、だれにもにてない」

毛「表情を変えない顔のことを、よく能面のような顔っていいますけど、そういえば、師匠の笑ったお顔、みたことありませんね。けろっとした憎めないお顔ですけど、笑ったとこ、みたことありませんです。トムさんのお顔も、おっとりぼんやりした憎めないお顔ですけど、やっぱり、笑ったとこ、一度もみたことありません」

師「あんただって、しんねりむっつりまじめくさってときどき眼えつりあげるばっかりでよ、笑ったこと一度もねえんじゃあねえか」

毛「ああ、そうなんですか。じぶんでは気がつきませんでしたけど、師匠がそうおっしゃるんならそうなのかもしれませんね。じゃあ表情変えずに、つぎの句にいきましょうか。

こぞことし毎年かくの如しかな」

師「まったくだな。大晦日から新年にかわったとたんってえのは、ゆでたての里芋の皮がつるんッてむけたみてえな気分になって、なんともこんころもちいいんだがよ、よくかんげえてみたら、一年めえの年越しんときの気分もやっぱおんなじような気分だったんだわな」

毛「そうなんですよね。われわれ、毎年毎年おんなじことの繰り返しをやっているにすぎないんですね」

師「気がついたら百歳こえてた」

毛「ほんと、月日の経つのが早いこと早いこと。年取れば取るほど、じつに早くなりますね。

一年なんてアッというまに過ぎていってしまう。十歳の少年にとっての一年間はその少年の全人生の十分の一、七十歳の老人にとっての一年間はその老人の全人生の七十分の一ということになりますからね。単純計算すれば、老人の中の時間の流れは、少年の中のそれよりも七倍早いということになる。十歳の少年の眼からみると、七十歳の爺さん婆さんは七倍速の日々を送っているわけです」

師「よろ〳〵もた〳〵のんびりしてるようにみえるがな」

毛「じつはもの凄いスピードで時間に追われている。一日が三時間半くらいで過ぎてっちゃう。

老人が転んで足骨折したなんて話よく耳にしますけど、朝から晩まで時間に追いまくられていたら転ぶのはあたりまえなんです。のんびり泳いでいるようにみえる水鳥が水面下では必死に足ひれバタ〳〵させているのとおんなじように、お爺さん、お婆さん、はた目には優雅にみえるけど、じつはおおいに慌ててる。おだやかな春の陽射し浴びてうと〳〵昼寝しながら、猛烈に余命をカウントしまくっている。『少年老いやすく学なり難し』若い頃軽く聞き流していた格言が、にわかに現実味を帯びて迫って来ているんですね」

師「『老人気がつけば後あまり無し』」

ト「定年後にとつぜん『自分史』みたいなもの書きだすひとがおおいな」

毛「現役終えたらとつぜん先がみえてきちゃったもんだから、早いとこなんらかの形でじぶんの痕跡をこの世に残しておかなくっちゃって、慌てるんでしょうね。あるいは、あまりにもメリハリ乏しく生きて来たじぶんに、なんとかじぶんなりの納得ができるように、輪郭をつけたくなるのかもしれません」

師「おれの知りあいにも、そんなやつがひとりいてな。ところがそいつ、机のうえにつみかさねたぶあつい原稿用紙の一番上の一行目に『一九一〇年、浅草に生まれる』って書いたっきり、あと、なんにも書くことおもいつかねえんだな」

毛「そういうかた、けっこう多いらしいですよ」

師「で、いくらなんでも一行だけじゃ本にならねえってんで、必死に記憶ほじくりかえして書いたらしいんだが、『十歳で尋常小学校を退学。その後、伯父のツテで鮮魚問屋に入社。その後、六十年間の長きにわたり務めに精を出す。その後、退職。その後、現在に至る。既婚歴なし。趣味とくになし。特技とくになし。性別・男。血液型ＡＢ

型。乙女座』って書いたら、もうおわっちまったらしい」

ト「『自分史』ではなくて『履歴書』」

毛「『六十年間の長きにわたり務めに精を出す』って、さらりと書いてありますが、『自分史』を書こうというんなら、そこが肝腎なところだとおもうんですけど」

師「本人も、それ、ずいぶんなやんだらしくてな。なんとかエピソードらしきもの必死こいておもいだそうとしたらしいんだが、なにひとつおぼえてねえ。おぼえてねえというより、どうも、もともとそんなもんぜんぜんなかったみてえんだな。で、あきらめた」

毛「でも、とりあえずは、じつにわかりやすい人生をじつにわかりやすい文章でじつに簡潔に書きあげてじぶんなりに納得できたんですから、よかったじゃないですか。

ひっそりと汗ばむ桃のひとりごと

明かるいお皿にぽつんとひとつ載っている桃の姿、眼に浮かぶようです。なにつぶやいているんでしょうね」

師「こないだ、飲み屋のおやじにいわれてはじめて気がついたんだがよ、どうやらおれ、しょっちゅうひとりごといってるらしい」

毛「どんなひとりごと?」

師「『にんげんひとりごというようになっちゃあおしめえだな』って」

毛「眼に浮かぶようです」
師「たまにとなりあわせになるじいがひとりいてな、そいつもしょっちゅうひとりごといってんだ」
毛「どんなひとりごと?」
師「『にんげんひとりごというようになっちゃあおしめえだな』って」
ト「その爺さんとはともだちなのか?」
師「いんにゃ、いっぺんも口きいたことねえ」
毛「つまり、カウンターにふたりのお爺さんが並んで座って、おんなじひとりごとつぶやいているわけなんですね。それも、おたがい、じぶん自身に向かっていっているのか、相手に向かっていっているのか、わからない」
師「ま、店のおやじからみりゃあ、へんな光景ではあるな」
毛「誰からみても変ですよ。最後の句です。

寿司よ回れ通《つう》のうんちく蹴散らして

いるんですよね、『通』。回転寿司屋なんかでも、暖房の効いた店内をもう何周も回りつづけている赤身の握りをみながら、連れの女の子に『このマグロ、どこから取り寄せたんか、色艶、あんまり感心しないな。たぶん暖流の影響をかなり受けてるんだね。寒流に鍛えあげられて培われる本来あるべきはずの照りというか、赤身の内部から滲みあがってくる活きの良さみたいなものがちっとも感じられないんだよね』なんて一生懸命語っている」
ト「以前しばらく住んでたイタリアの町では日本食、とくにスシがすごくはやってて、どこのスシ屋にいっても満員であった。一番人気は、『ヒノマル』というなまえの、アボカドと生ハムをふつうのごはんでほそながく巻きズシにしたやつ。そのほそながいやつを六等分にきりわけてだすのであるが、まんなかの生ハムのピンクがとてもきれいなので、ヒノマルというなまえがついたらしい」
師「酢飯じゃねえのか?」
ト「酢飯はすっぱいからつかわない」
師「ノリは巻かねえのか?」
ト「ノリはなまぐさいからつかわない」
師「ワサビは?」
ト「ワサビは鼻にツーンとくるからつかわない」
師「スシでもなんでもねえじゃあねえか」
毛「でも、その町では、それがスシなんですね」
ト「そう。もちろんしょうゆをつけて食べるのであるが、食べるときはかならずハシで食べる」

師「おれぁスシ食うときぁ、ハシつかったことねえがな。どんなスシだろうがよ、いつだって手でつまんで食う」

ト「そんなことしたら、彼女にわらわれる。スシをハシで食べるから、日本のこころを知りつくしたすごい日本通なのねと、尊敬のまなざしでうっとりみつめられるのである」

毛「トムさんが住んでいたその町には、やはりそういう『通』、たくさんいらしたんでしょうね」

ト「いた。『通』ではあきたらなくなってスシ職人になろうと決意したともだちが、念願かなって本場の日本にグルメ旅行にいったはいいのだが、一カ月の予定なのに一週間でかえってきた。

あちこちのスシ屋にいって、あちこちでさんざんなめにあったらしい。ごはんはくさりかけのパエリアみたいにすっぱいし、みたこともないなまぐさくてまっ黒い紙みたいなものが上あごにピッタンコはりついてきたり、鼻のおくがツーンとしたかとおもったら顔面がしわくちゃになったり、『あんなものがほんとうのスシなのかとおもったら、きゅうにスシ職人になるのがばかばかしくなった』といってかんかんにおこってた」

毛「そのかたにとっては、『ヒノマル』こそが『スシ』だったんですね。イタリア式スシ。そういう意味では、あの『スパゲティ・ナポリタン』は日本式スパゲティ。うどんみたいに太くなったスパゲティに、甘ったるいケチャップがたっぷりまとわりついていて、真っ赤な魚肉ウインナソーセージがかならずひとつかふたつ入っているヤツ。そのウインナーが蛸ちゃんの形になっていたら、もういうことなし」

師「どういうわけか、おおきなレストランよりも町のこぎたねえ喫茶店ででてくるヤツのほうがうめえんだな」

毛「レストランとちがって、ちいさな喫茶店の場合、そうそう頻繁に出るわけではないので、茹でおきの麺がのびちゃっているからなんでしょうね。でも、だからおいしいんですよね。

ところが、この『ナポリタン』、本場のイタリアには、どの町行ってもないそうで、もちろん、ナポリに行っても、ない。ようするにスパゲティを使った日本食なんですね」

師「イタリア食であろうが、日本食であろうが、うめえもんはうめえ」

毛「うまいものはうまい。アルデンテだかなんだか知りませんけど、ちょっと芯が残っている硬めのスパゲティに乙にすました贅沢な具材がからまっているようなものは、スパゲティじゃあない。『ナポリタン』こそが『スパゲティ』。

だから、そのイタリアのお友だちだって、日本の本場のスシなんかにめげず、徹底的にイタリア式スシを追求すればよかったんですよ。、バジルの葉っぱ巻いた細長いお

　にぎりにオリーブ詰め込んで粉チーズとお醤油ふりかけて箸でつまんで食べたら、あんがい受けるかもしれません。『スーシー・キョートネッラ』とかなんとか、堂々と名前つけてね」
ト「そうとうまずいにちがいない」
毛「『ナポリタン』だって、イタリア人が食べたら、そうとうまずいはずですよ。そのかた、いまどうしているんでしょうかねぇ」
ト「いまは日本ソバにこってるらしい」
師「麺類ならお手のもんだろ」
ト「でも、その町では、ものをズル〳〵すすって食べるのは下品ということになってるので、かなり苦労してるらしい」
毛「それは致命的な壁ですね」
ト「だからスプーンですくって一口ずつそっと食べられるように、いま、ながいソバをこまかくきざんでためしてるらしいのであるが、なんとなく病院食みたいでうまくもなんともないし、なによりも肝腎のハシではうまくつかめないのが最大の難点といって、かん〳〵におこってる」

くろがねの秋の風鈴鳴りにけり

毛「きょうの原句は、飯田蛇笏の『くろがねの秋の風鈴鳴りにけり』。一気に詠みくだしていて、じつに端正で格調の高い句ですね。体中がすっときれいになるような句。大好きです。

では、最初の作品。『猫の晩めし』という前書がついておりまして、

黒こげの秋刀魚ためしにやってみる

なんなんですか、これ」

師「にんげんさまの晩めしのしたくしててうっかりこがしちまった秋刀魚、すてるにしのびなかったんだろうな。もし食ってくれたらめっけもん」

毛「こんなひとに飼われている猫、たまったもんじゃあないですね。わたくしの家では、朝昼晩、ちゃんとしたメーカーのちゃんとした乾燥キャットフードしかやっておりません」

ト「それもある意味かわいそう」

毛「黒こげの秋刀魚なんぞ食べさせたらガンになるにきまっております。ちゃんとした乾

燥キャットフードであれば、成分表みたって体に悪そうなものは一切入っていないし、袋破ってそのまんまなんの手も加えずきれいなお皿に移したものをあたえるわけですから、雑菌がまぎれ込むこともない。どこのスーパーでもたいてい売っているし、いいことずくめなんです」

師「飼い主にとっちゃな」

毛「いえッ、猫にとっても、いいことずくめなんです。なにより食べやすい大きさだし、硬すぎず柔らかすぎず、いつもおんなじ味だから多少飽きることもあるかもしれませんが、ま、そこはものはかんがえようで、一定の味というものはかれのこころにじつに深い安心感をあたえているはずだとおもうんです。乾燥キャットフードでお腹一杯になれば、当然、われわれ家族の食卓にのぼっている刺身やら煮魚みても、ぜんぜん食べたいともおもわなくなるし、食べたいとおもわなくなれば、これも当然のなりゆきとして口に入れることもなくなるわけだし、口に入れなければ魚の骨が咽喉に刺さるなんて悲劇ももう起こらなくなるんですから」

ト「もう起こらなくなる、ということは、いままで刺さったことがあるのか？」

毛「口に掃除機突っ込んでもだめだったんで、獣医に連れてって、なんとか事無きを得ましたけどね。だから、乾燥キャットフードが一番なんです。賢そうにみえても猫は猫。なに口に入れるかわからない。

猫舌だからまさか食べないだろうなと、わたくしの食べている熱々のお茶漬け、ためしに眼の前に置いてみたら、パクッと口に入れたはいいんですけど、入れたとたん、ぴょん〳〵飛び跳ねておりましたし、このツンッとした匂い嗅いだらまさか食べないだろうなと、ためしにかつお節にタバスコちょっとかけてみたら、パクッと口に入れたはいいんですけど、一瞬キョトンとしたあと、やはりぴょん〳〵飛び跳ねておりました。だからやはり乾燥キャットフードが一番なんです」

ト「この句の猫のほうがまだしあわせかもしれない」

毛「　**クロールの音微かにて庭木立**

近所にもこういうお邸がありましてね。坂道の上からみおろすと、鬱蒼とした庭木立に囲まれた青い大きなプールで、いつもおなじ青年がひとりで泳いでいる。いつものんびりゆっくり泳いでいるんですけど、手足が立てる微かな水音が坂道の上まで聴こえてくる。しんとした昼近い屋敷町に、その水音だけがしている」

師「世の中にゃ、そういう暮らしもあるんだな」

毛「プールだけでも師匠のお住まいが五つくらい入るんじゃあないでしょうか。誰も泳いでいないときは、一枚ガラスのような水面に雲が映っていたり、その中を鳥の影がついと横切っていったり、夜になれば月が浮かんでいたり」

師「きいてるだけで腹がたってくるな」

毛「でも、この作者はそんな優雅な光景に素直に感動しているわけです」
師「あんがい、夜んなったらプールサイドいって、おもいっきししょんべんぶちまけてやろうっておもってんのかもしんねえ」
毛「なんとなくすっきりしたところで、つぎの句です。

頬骨に秋の風格ただよへり

『初老の自画像』という前書があります。初老を、人生の秋とみている。月並みといえば月並みな発想ですけど」
師「堂々とおちついてるのか、どうとでもなれとふてぶてしくかまえてるのか」
毛「どちらなんでしょうね」
師「年とったなぁとはじめておもったのは、シワのうえにさらにネジワよったときだったな」
ト「ネジワ？」
毛「枕に顔つけて寝ていると、朝起きたとき、もともと皺だらけの顔一面にさらにくっきりと深い皺ができているんです。あれ、年とってくるとなかなか消えないんですよね、寝皺。だから午前中はひとに会いたくない」
ト「それにしてもなぜ、風の格とかくのか？」
毛「風雅、風趣、風情、風味、風流、どれも吹く風とは直接あまり関係ないですものね。

日本には、なんとなくわかるようでわからないようなというわかりかたがある。そして、そういうわかりかたでしかわからない言葉がけっこうあるんですけど、この風格という言葉なんかまさにそれですね。

だから『風格』は『風格』なんです。人格ともちがうし、品格ともちがう。師匠には春の風格を感じますね。なんにもかんがえていないひとにしか具わらない稀有な風格。あやかりたいものです。

ふうわりと硬き風船ゆれており

いい句ですけど、やな句ですね」

ト「どういうこと?」

毛「この硬き風船、おもい浮かべただけでこころ落ち着かなくなる。お祭りの風船売りの屋台の風景なのか、ぽつんとひとりこどもが手にしている風景なのか、とにかく水素だかヘリウムだかでぱん〳〵に膨れきった、向こう側が透けてみえるくらいに薄い風船が、風に揺れている。ちょっとでも触れたらいつでも破裂するつもりでいるやつが、眼の前でふうわり揺れているんですよ。こんな怖ろしいことはありません。

こどもの頃、通っていたソロバン塾で、よく細長い巨大なソーセージみたいな風船を投げ合いっこしている連中がいたんですよ。授業の始まる前など、教室内に、ぱん

〳〵にはち切れんばかりの風船がいくつも飛び交うわけなんです。それが始まるとじつに憂鬱な気分になりました。講師が入ってきて、遊びはそこでとりあえず終了するんですけど、ソロバンの授業が始まっても、あっちこっちの生徒の机の上で、ぱん〳〵に膨れた風船が窓のすきまから入ってくる風にあっち行ったりこっち行ったりしている。それみているとわたくし、なんだか咽喉にみえない太い棒を突っ込まれたような気分になってきちゃいましてね」

師「いつパンッてわれるかわからねえところがこええ」

毛「雷もそうなんです。いつどこで炸裂してどこに落ちて来るかわからない。そりゃあね、地震もたしかに怖ろしい。でもね、地震は地上にいるものみんなを平等に揺するんです。それにくらべて雷は、千人のひとが街歩いているとき、もしわたくしの頭に落ちて来たら、死ぬのはわたくしひとりだけなんです。ほかの九百九十九人のひとはまったくの無傷。これが納得いかない。あるいは、我が家に落ちてきたら我が家一軒だけが全焼しちゃうんです。わたくしたちだけがソンすることになる。雷には、そういう不平等なところがあるんですよ」

師「おれぁ、とおくで雷の音がしだすと、もうわく〳〵うれしくなっちまってな。タダで大花火見物できるってもんだわ」

毛「昔、うちのこどもたちも親のわたくしに似ずそうでした。みんなきゃあ〲うれしそうにはしゃぎ回るんですよ。そして三人とも、ときどきちらり〲わたくしの顔みるんです。雷嫌いの父親がどんな顔して座っているのか笑いをかみ殺したような顔でみるんです。怒鳴りつけようにもどういう切り口からどういう風に怒鳴りつければいいのかわからなくて、もう口惜しくって」

師「『怖がり屋のお父さんを怒らせると怖いぞ』っていってやればよかったんじゃあねえのか」

雉子の眸のかうかうとして売られけり

毛「加藤楸邨の代表句。では最初の一句。

獅子の眼の茫々として昏《く》れゆけり

『動物園にて』という前書があります。地面に前足揃えて投げ出してじっと前をみつめているライオンの眼が、夕暮れとともに昏れてゆく。このライオン、まさかじぶんがこんな大都会の真ん中のコンクリートだらけの狭い所で暮らすことになるとは夢にもおもっていなかったでしょう。

わたくし、中学校が上野公園の中にあったものですから、帰りにともだちの家に遊びに寄ったりするとき、上野動物園の脇にさしかかると、日によって時刻によって、なんとも生暖かいような獣の臭いがぷんとすることがありましてね。まわりには自動車やらモノレールやらが走っているし、買物姿のおばさんたちがおしゃべりしながらすれちがっていくし、隣を歩いているともだちが宿題の話なんかしているしで、まったくのふつうの都会の空間なのに、その臭いがすると、この塀の向こうにはたしかに野生の生き物の世界が蠢いているんだなと、つくづくおもいましたね。大都会の真ん中で、獣たちの世界が仄暗い微かな臭気を放っているんです」

師「動物園といやぁきこえはいいがよ、やつらにとっちゃ、ようするにみしらねえとおいとこに島流しされてきたうえ、コンクリんなかにがんじがらめにとじこめられちまっただけのはなしだかんな。で、そのあわれななれのはての姿をまいんちまいんちかぞえきれねえくれえのにんげんどもの見世物にされてよ、くそしょんべんたれてるとこまでめずらしそうにながめてられちゃあ、もう涙もでねえ。ライオン、じっとすわって茫々として昏れゆくしかねえ」

毛「その眼の奥には、おそらく故郷の大平原が風に吹かれてひろがっている」

ト「都心の学生寮にすんでるともだちは、ぼくがいついっても、じぶんのふるさとのはなしばかりしてる。ライオンとちがって、じぶんできたくて東京にきてるはずなのに、東京でのはなし、ぜんぜんしないのである」

毛「東京というところは、ある意味、地方出身者の集合体といってもいい。夜、おびただしいマンション群のおびただしい窓明かりをみていていつもおもうことなんですけど、あの窓の奥の住人たちは、おそらく、おたがいなんの往き来もなくなんの繋がりもない。

遠眼にはにぎやかで華やかで建物全体が豊饒の館のようにみえるけど、じつは孤独の集合体。東京という土地に住んではいても、隣近所とのつきあいもなければ、東京という土地ともけっきょくのところほとんど接点がない。

でも、故郷とだけは繋がっているんですね。おびただしい燐光を放つ巨大なミラーボールのような建物の、その窓のひとつひとつの奥で、それぞれのひとがそれぞれの故郷におもいを馳せながらひっそりと棲んでいる」

師「窓のかずだけふるさとがあるっちゅうことだな」

毛「そういうことになりますね。それぞれの窓の奥で、それぞれの故郷が灯っている。そしてある日、予期せぬ事情で引っ越しすることになったり、あるいは亡くなったりして、その窓の灯が消えることはあっても、しばらくするとどこからかやって来た誰かがふたたびその窓の奥に灯を点す。そんなことがくり返されているんですね。

沢庵のこり〳〵として寂しかりけり

これも、切ない句ですね。こりこりかりけりという音が、やけに明かるく頭蓋に響くひとりっきりの食事。すっとぼけた音だからこそ、妙に切ないんですね」

師「あつい茶漬けにたくわん、かかぁの大好物だったな。朝昼晩、あきずに食ってたもんだ。

『沢庵のかり〳〵としてうるさかりけり』、年のわりにゃあ歯じょうぶだったからな。かむ音もうるせえし、茶漬けすすりこむ音もうるせえし、茶わんにあたる箸の音もうるせえし」

毛「元気いっぱい明かるい食卓だったんですね」

師「切なさのかけらもなかった。ひたすらうまそうにがつ〳〵食ってたからな。ただ、いまにしておもえば、あのこらぁ、ずっとおれのかせぎすくなかったから、かかぁ、茶漬けにたくわんくれえしか食えなかったのかもしんねえ」

ト「あんたはなにを食べてたのか？」

師「金がねえわりにゃあ、おれにだけは、おれのすきなもん、かならず一品つけてくれてたな」

毛「奥さま、お茶漬けに沢庵、ほんとうに大好物だったんでしょうかね？」

師「あのこらぁずっとそうおもってたんだがな。このごろ、あのたくわんの音ふとおもいだすとな、なんとなくシンとした気持ちんなるんだわ」

毛「ほんとうに大好物だったのかどうか、いつかじっくり聞いてさしあげるときが来るといいですね」

師「一度きいてみてえ」

毛「つぎの句にいきましょうか。

生真面目にしん〳〵とつぐ秋の酒

外で飲むときは別として、家での晩酌、わたくし、じつに正確無比でしてね。夕食をすませてから、まずお風呂に入ります。じっくりとこころゆくまで全身を洗い浄《きよ》めて出てくるのが午後七時半。そしていよいよ、空の大ジョッキと氷と炭酸水をお盆にのせて二階の書斎に入り、書棚からウォッカと計量カップを取り出してベッド脇のサイドテーブルのうえに並べる」

師「計量カップ？」

毛「ええ、料理のときに使うあの目盛りのついたプラスチックの計量カップ。これが一番大事なんです。この計量カップで、ストレートウォッカを正確に測るんです。無色透明無味無臭。きっちり百cc計る。それを大ジョッキにそそぎ、氷と炭酸水をたっぷり入れてこころゆくまでかき混ぜてから、まず一息《いっき》に飲めるだけ、飲む。

びっひゃーッ。この一瞬のためにきょうという一日があったんだとつくづくおもう。そして梅干なんかをおつまみにして、本をゆっくり読みながら、大ジョッキに残ったやつを三十分くらいかけてゆっくり飲み終える。壁時計に眼をやると、それがだいたい八時頃。

このあたりからちょっとふんわりしてくるんですが、ふんわりしてきたところで、その日六本目の煙草に火をつける。その前に吸うのがだいたい五時くらいですから、三時間くらいの空きがあるし、お風呂で汗と一緒にニコチン絞り出していますから、この一服がけっこうぼよーんとくるんです。二杯目をゆっくりと飲み終える頃は、もうかなりいい気持ちになっておりましてね、いよいよ最後の三杯目となるわけであります」

ト「そのときは何時なのか?」

毛「ところがわたくし、もうそのあたりからは、時計、ぜったいみないことにしているんです。

いい気持ちになっているのに時計なんぞみて時刻がわかってしまったら興醒めですからね。もうぜったいみない」

師「一日三杯ってきめてるわけだ」

毛「そうです。一日大ジョッキ三杯。ストレートに換算して三百cc。ただね、この三杯目のストレートの計量というのがちょっとむずかしいんです」
師「一杯目二杯目とおんなじように計ればいいだろが」
毛「ところが三杯目だけはちょっとちがうんです。つまり三杯目だけは百ccの目盛りよりこころもち上のところまでそそぐ癖がいつのまにかついてしまっているんですが、その『こころもち上』の位置がその日その日のわたくしのこころのもち加減で若干上になったり下になったりするからむずかしいんです」
師「そのくれえの量、ちっとくれえちがってもかわりあんめえ」
毛「いえ、大いに変わりあるんです。なにしろストレートウォッカ三百ccというのは、わたくしの限界ぎりぎりの量なんです。だから、ちょっとでも限界越えると、つぎの日がパァになっちゃう。入れ過ぎたかなというときは瓶に戻し、戻し過ぎたかなというときはまたカップにそそぎ足す。かなりの酩酊状態で何度もくりかえさなければいけないのでこれがけっこうめんどくさい」
ト「飲みながら、どんな本を読んでるのか？」
毛「たいていが随筆ですね。とくに食べ物随筆。というかわたくしの蔵書のほとんどが食べ物随筆なんです。じぶん自身は食べることとあんまり興味ないんですけどね。吉田健一のものなんか、おそらくおんなじ作品三百回以上は読み返しているでしょうね。あのかた、ほんとうに飲んで食べることが好きだったんでしょう。あのいきあたりばったりでしっちゃかめっちゃかでちんぷんかんぷんの、でもじつになんともやんちゃ小憎みたいな活きのいい文章読んでいると、いつも生唾出てきちゃいますね」

師「ベッドのうえで酒のつまみに梅干しなめながら食道楽どもの随筆読んでるわけだ」

毛「　**ふかの眼の盲《めし》いしごとく窄《つぼ》まりてあり**　」

ト「南の海でほんもののふかをすぐそばでみたことがある」

毛「怖かったでしょう」

ト「いや、鉄の檻みたいなやつににんげんがはいって、そのなかからみるわけだからそれほどこわくはなかったけど、ちかよってきたときのふかの眼をみたときには、やっぱりゾッとした」

毛「たしかに、ふかというか鮫というか、硬いゴムのような皮膚に埋まっているあのちいさい黒い眼はゾッとしますね。黒いだけで、まったく光のない眼。暗黒世界への入口をみるようで、じつに物寂しい」

師「フカヒレスープ飲むと、極楽世界がひろがるんだがなぁ」

毛「　**鮎の背をぶあつき水の過ぐるなり**

川底で静かに揺れている鮎の背に、初夏の木洩れ陽が届いている。水がきれいだから、その姿がはっきりみえる。そして、はっきりみえるくらいですから、もの凄く深いというわけではないんでしょうが、とはいえ、『ぶあつき水』ですから、浅瀬でもない。

『ぶあつき水』という言葉だけで、透明感と距離感をうまく表現していますね」

ト「このあいだ、岸辺の岩にリュックサックとカメラバッグをおろして川に素足をひたしてたら、底を一匹の鮎がおよいでるのがみえた。つめたい水のなかで、鮎が、なんにももたず、すっぱだかでおよいでるのをみてると、こんどうまれかわれるとしたら鮎にうまれかわるのも悪くないなとおもった」

毛「すっ裸といえば、わたくし、なにか物を持ったり、ポケットにいろいろ入れたりってことがほんとに嫌いでしてね。大学生のときに行った一カ月ほどの冬のヨーロッパ旅行なんかショルダーバッグひとつで通しました。これ、自慢話のひとつなんです。ダッフルコート、とっくりセーターにジーンズ姿で、持ち物はレストランやホテルに入るためのスーツ一式詰めたショルダーバッグだけ」

師「下着とか靴下とかの着がえはもってかなかったのか?」

毛「ヨーロッパの冬はかなり寒くて、どこのホテルも暖房利きすぎるくらい利いているということを先輩たちから聞いておりましたから、それで名案おもいつきましてね、持って行かないことにしたんです。けっきょく、それ、大正解だったんです。最初の夜、ホテルの部屋に入ったら、案の定、しっかりと暖房利いている。バスルームもしっかり。ホテルに用意されているタオルで全身洗いながら、日本から履いていったパンツ、シャツ、靴下をそこで洗う。洗ったら、バスルームのカーテンレールとか排水管とかに掛けておく。ベッドに入るときはすっぽんぽん。すっぽんぽんに毛布一枚でも暑いくらいでした。つぎの朝、バスルームに行ってみたら、案の定、パンツもシャツも靴下も見事にパリッパリ。

外に干すわけじゃないから、天候にも左右されない。ほんと、大正解もいいとこ。

師「もしもやぶけちまったりしたときゃ、どうするつもりだったんだ？」

毛「そんなもん捨てちゃって、現地で新しいのひとつ買えばいいじゃないですか」

師「いわれてみりゃそれもそうだな」

毛「だから、いまでも、よく空港内をでっかい荷物いくつもごろ〳〵引きずったり、背負ったりしているひとみると、お馬鹿さんとしかおもえません」

ト「きょうのあんたの話、めずらしくためになった。ためにはなったがもっといい方法がある」

毛「教えていただけますか？」

ト「わざわざ毎日あらったりほしたりなんかしなくても、おんなじやつ、はきっぱなしにしてればいい」

万緑の中や吾子の歯生え初むる

毛「きょうの原句は中村草田男。万緑のバの音が句全体を支配していて、力強いゆたかな自然とその中で日に日に成長してゆく我が子のちいさくもけなげな生命力との対比がじつに鮮やか。緑と白との対比もまばゆい。何度読んでも、生まれたての句、詠みたての句のようで初々しいですね。では最初の一句。

盤石の警戒区域ひとひらの蝶

警戒区域のぴんと張り詰めた空間に蝶が一匹飛んでいる。静と動、剛と柔、これも対比の句ですね。尋常でない空気の中をひら〳〵と飛んでいる一匹の蝶の姿が、なんとも印象的です。

出入り自由、お咎めなし。ひとひらの儚い生きものが、誰よりも大胆不敵、天衣無縫に飛び回っていることの不思議さ、美しさをさりげなく詠んでいますね。

万緑や縁《ふち》光らせてグラス立つ

『ガーデンワインパーティ』という前書があります。庭テーブルに空のグラスを並べてパーティの準備をしているところなのか、あるいは、作者自身が飲み干したグラスを庭テーブルにトンッと置いたところなのか。どういう状況にしろ、たったいま眼前に置かれたワイングラスの縁が、周囲の光を吸って、真円のリングのようにテーブルの上に浮いているんですね。

ひとびとの語らいや食器のふれあう音が聴こえてくるようで、幸福感に満ち溢れたすてきな作品です」

ト「ガーデンパーティで飲む水は家で飲む水とちがってほんとうにおいしかった。ふつうの水なのであるが、いつものように蛇口からマグカップにじかにそそぐのではなく、いったん氷のはいったおおきなピッチャーにうつしてから、それをおとなのワイングラスにそそいで飲むと、ぜんぜんちがう飲みものにおもえてくるのであった」

毛「ふつうのお水なのに、いつもとちがうやりかたで飲むと、一変、上等なお料理コースの中の『お飲み物』となるんですね。場所を、ダイニングキッチンから庭に移した時点ですでに食事にたいするこころがまえがかなり変わってきているわけですから、もうまるで気分がちがってくる。

満身に花疥癬《かいせん》のごとく生え初むる

『雨の日の桜』、読むだけで、こちらの全身が痒くなってきそうですね」

師「桜、雨んときみにいったらよ、雨吸って真っ黒んなってるぶっとい幹から、花がじかに生えてんのがけっこうあった」

毛「たしかに、あれ、いいお天気のもとでぼんやりお花見していると見落としますね。でも注意してみると、太い幹から直接咲いている花がけっこうあるんですよね」
師「傘さしながらじっとながめてっと、黒い幹のあっちにもこっちにも、瘡ぶたみてえにうすく血をにじませて生えていやがるんだな」
ト「ぼくは一度、ある島で、瘡ぶただらけになったことがある。なにが原因だったのか、ある朝、右腕の皮膚の裏でチリ〳〵〳〵ッとちいさく渦巻くようないやな感じがしたかとおもったら、そのあたりに熱が寄ってきて、だんだん痒くなってきたのである。シャツをまくると、うすい皮膜のしたで粒々がびっしり、カズノコみたいに艶々と光ってる。それが、みるみるうちに右腕ぜんたいにひろがったから、もうたまらない。痒みは爪でかくくらいではおさまらなくなってきて、ふとい針で腕ぜんたいをブツ〳〵刺したくなった」
毛「『痒み』というのは厳密にいうと『ゆるい痛み』の状態なんだそうです。よく、蚊に食われたときなんか、ぷっくりふくらんだところを爪のさきでギュッとやると痒いのが治るよって、母に教わりましたけど、あれはおそらく、ギュッと痛みつけることによって、その痛みの中に、同類である痒みが取り込まれるからなんでしょうね。痒みというのは、その姿も所在もなんとなくハッキリしないけど、痛みというのは、ハッキリとした姿しているし所在もハッキリしている。だったら、多少痛くとも、この際ハッキリさせたほうがスッキリするから、ということで爪のさきでギュッとやるんだとおもいます。トムさんがふとい針でブツ〳〵やりたくなったのも、だから正常な反応だったといえるんでしょうね」

ト「けっきょく、それが全身にひろがってしまい、めったやたらかきむしって皮膚がやぶれて、一週間くらいしたら、全身瘡ぶたにんげんとなったのであった」

毛「師匠のごらんになった桜の幹の花びら。『あれはね、滲み出てきた暗い悲しい樹液が外気にふれて白く瘡ぶたになったものなんだよ』っていわれれば、なんとなく納得しちゃいそうです。

詩とか俳句なんていうやつも、詩人や俳人のこころの傷跡に咲いた瘡ぶたみたいなものなのかもしれませんね。

満塁の中や投手の腕上がる

『ナイター放送・九回裏』という前書があります。球場の大観衆と全国数百万人の眼がみつめる中、ピッチャーがゆっくりと両腕を上げた瞬間の緊張感を、じつに簡潔に表現していますね」

師「この一投で数百万人の明暗わけるわけだかんな」

毛「打ちとっても打たれても、このマウンドに立てるということは、おいしいですね。野球の好きなひとなら誰でも一生に一度はこんな場面に立ってみたいとおもっているんじゃあないでしょうか。もちろん現実にはまず不可能なことですから、せめて想像するくらいは勝手でしょってことで、その選手にじぶんの姿を重ねてみたり、あるいは完璧になり代わってみたり、たぶんしているとおもいますね。わたくしのような、運動音痴で野球などほとんど興味のない者でも、たまに電車の中なんかで、気がついたら、じぶんがとんでもないスーパースター選手になっていることがありますからね」

師「おとくいの、ひま人の妄想」

毛「先日、秋葉原に行く途中の総武線の中で、突然試合が始まりましてね。ニューヨーク・ヤンキース対ボストン・レッドソックス戦。ヤンキースのピッチャーとして、若かりし頃のわたくし通称モーリンがマウンドに立っている。このモーリン、もの凄いやつでしてね。クールな表情、しなやかなモーションからくり出されるストレートは百六十キロを軽く超えているし、変化球はすべてまさにみたこともない魔球ばかり。その試合でも絶好調でして、中盤過ぎても、ひとりの走者も出していない。たった一度だけ、ホームラン打たれたんですが、でもそこに、これまたもの凄い外野手がいまして、外野フェンスにひらり飛び乗ったとおもったら、フェンスの上でさらに眼のさめるような大ジャンプして見事キャッチしてくれた」

師「ピッチャーもすげえが、外野手もすごかった」

毛「ただ、そのすげえ外野手、よくみると若かりし頃のわたくしなんですね」
師「ピッチャーやってたはずのあんたが、とつぜん外野手になって超ファインプレーしちまったわけだ。その試合、けっきょくどうなった？」
毛「モーリン投手、それまでに完封勝利やノーヒットノーランは何度もしているんですが、完全試合だけはまだ一度も達成したことがない」
師「その試合でその可能性が濃厚になってきたってえわけだな」
毛「ええ。九回表までは完璧に抑えたんですが、とはいっても、じぶんのチームが点を入れてくれなきゃお話にならない。あいにくその日は、相手ピッチャーも絶好調でして、ヤンキースも何人か走者を出してはいるものの無得点に抑えられている。なんとかしなけりゃいけない」
師「なんとかできたのか？」
毛「完璧に抑えたあとの九回裏ツーアウト走者なし。そこでバッターモーリンの登場となりましてね。五球でスリーボール・ツーストライクと追い込まれた」
師「息づまる場面だ」
毛「この句とは状況はちがいますが、緊張感の度合いは、この句よりもはるかに高いかもしれません」
師「勝ち負けだけじゃなくって、完全試合もかかってるからな」

毛「六万の大観衆は水を打ったようにシーンとしている。そのとき、五球投げ込まれているあいだ表情ひとつ変えずほとんど不動の姿勢でバットを構えていたモーリンが、やおら左手一本で持ったバットの先端をバックスクリーン上段に向かってゆっくりと上げたんです」

師「ホームランの予告ってえことか?」

毛「大観衆の地鳴りのような静かなどよめきが膨らむ中、そのバットをゆっくりと下ろしてもとのバッティングスタイルに戻ると、そこでこんどは眼をつぶった」

師「眼、つぶった?」

毛「ええ、眼をつぶった。それをみた六万の大観衆のどよめきがそのときさらにずーんっと膨らんだのはいうまでもありません」

師「バッターボックスに立ってるあんたが眼えつぶったのを、大観衆、とおくっからよくみえたもんだな?」

毛「わたくしも、それ、すこし変だなとはおもったんですけど、でも『どよめきがそのときさらにずーんっと膨らんだ』んですから、やっぱり遠くからでもよくみえたんでしょうね」

師「なんで眼えつぶったんだ?」

毛「これぞ東洋の神秘。無私、無心、無欲、というよりも、無そのものになりきって、心眼、つまり心の眼で飛んでくる球をみようとしたにちがいありません」

師「で、どうなった？」

毛「どよめきの渦巻くぶあつい空気を裂いてうなりをあげて飛んできた相手ピッチャー渾身の内角低めストレートを、眼をつぶったままバットの真芯でとらえると、予告通り、バックスクリーン上段へ大ホームラン」

ト「六十三歳が、総武線のシートに座って、ずっとそんなことかんがえてたのか？」

毛「奇跡的偉業に総立ちの大観衆の中、ヒーローインタビューのマイクを差しだされ、それまでのクールな表情とはうって変わってのじつに青年らしい誰からも愛されることと間違いなしの爽やかな笑顔で応えようとしたところで、秋葉原駅に着きました。

幾万の眼を吸いあげて大花火

去年の夏、師匠とふたりで江戸川の花火大会、行きましたっけね」

師「缶ビール、しこたま買いこんでな。あんときゃすげえ人出だったな」

毛「千葉側、東京側合わせれば、すくなくとも二十万人は集まったって話でしたからね」

師「あんなまぢかでみたのははじめてだったがよ、なんてったって、まずあの音にびっくりこいたな」

毛「ふたりとも土手の上で両手をうしろについてみあげていたんですが、大花火がひらくたび、バッツーンという夜空がへこむようなぶあつい音がして、その風圧が、まずお腹を直撃したかとおもうと、地表のすべてのものをなぎ倒すかのように放射状にざあッーと音立てて遥か四方にひろがってゆくんですよね。なんだか広大な円形ドミノ倒しの中心にいるようでした」

師「花火があがるたんびに、そこらへんが昼みてえにあかるくなると、あっちの土手、こっちの土手にへばりついてるにんげんどもがずらーッと浮かびあがってきてな。もうほんとに、土手にびっちりすきまなくへばりついて、上みあげてる」

毛「ま、師匠もわたくしも、その中のひとりだったんですけどね。それにいたしましても、会場だけでもすくなくとも二十万人ということは、つまり、すくなくとも四十万粒の眼玉がおなじ花火を同時にみていることになる。花火は、さまざまなひとたちのさまざまなおもいや願いを一身に浴びて、パッと生まれ、パッと消えてゆくんですが、その一瞬一瞬の姿は、四十万粒のひと粒ひと粒に同時に吸い込まれてゆき、思い出となって刻み込まれる」

ト「夜、ふとんかぶって眼をつぶると、いまでもときどき花火がみえる。ふしぎなことに、こどものころにみた花火とまったくおなじ形、おなじ音、おなじ順番でひらくのである」

毛「ママと一緒にみに行ったことがあるんですね」

ト「花火がひらいておおきな音がするたびに、ぼくの手をにぎるママの手がギユッ〳〵としまるので、ふとみあげると、泣いてるのであった」
師「いろいろあったんだろうな」
ト「なぜ泣いてたのかはいまだにわからないのであるが」
毛「ママを呼んで、日本で一緒に暮らす予定はないんですか？」
ト「ぼくもママも、いつかはそうするつもりでいたのであるが、このごろになって、ママのようすがすこしおかしいのである」
師「日本のこと、変な国って、まだおもってんのか？」
ト「変な国とおもってるのは事実であるが、ものすごく興味をもってるのも事実である」
師「なら、いっぺんくれえ来てみりゃあいいじゃねえか」
ト「ママの口からはっきりときいたわけではないのであるが、どうやら好きなひとができたらしい」
毛「えッ？」
師「なんでわかった？」
ト「電話の声だけだから、はっきりとはわからないのであるが、ときどきナマリがまじるのである。ぼくが一度もきいたことのないナマリ。こんなこと、はじめてであった」
毛「つまり、どうやらどこかのお国訛りでしゃべるひとと知りあったんじゃあないか？　しかも、その訛りが伝染っているんだとすれば、かなりそのひとから強い影響を受け

ているわけであり、強い影響を受けているということは、かなり強く惹かれていると
いうことになるわけですね」

ト「それ以外にかんがえられないのである」

毛「もし、ほんとうにママに、好きなひとができたんだとしたら、トムさんにはどうしようもできないことなのかもしれませんね。でも、女手ひとつでトムさんというひとり息子を立派に育て上げて、いまは日本という遠い異国で独身マザコンの流れ者とはいえなんとかその日その日を送ることができ、不法侵入不法占拠とはいえ一戸建ての家に住めるくらいまでに物心ともに援助しつづけてきてくださったわけですから、そろそろご自分の幸せをかんがえられてもぜんぜん罰はあたらないとおもいますけどね」

師「マザコントムにとっちゃつれえだろうがな。ま、このさい、おめえもそろそろいい娘みっけたらいい」

ト「みっけた」

毛「えッ?」

師「いつ?」

ト「ママのそのナマリに気がついたころ」

師「どこで?」

ト「大学の庭で」

毛「デートは？」

ト「まだ一度もしたことがない。というよりまだ名前も知らないし、もちろんはなしたこともない」

師「じゃあかの女は、まだおめえのこと、ぜんぜん知らねえわけだ」

毛「つまり、『みっけた』というのは、『恋人ができた』ということじゃぁなくて、大勢の学生に混じって歩いている彼女の姿をそのとき『初めてみかけた』ってことなんですね」

ト「そう。みっけた」

師「まぁ、みっけただけでも上等だがな」

ト「こんど、どこかですれちがうようなことがあったら、名前、きいてみるつもりである」

師「初デートは、こんどの江戸川の花火大会あたりがちょうどいいんじゃねえのか？」

ト「おなじ花火を、四つの眼でみてみたい」

毛「雨が降ったら、オジャンですけどね」

毛「加藤楸邨の『鮟鱇の骨まで凍ててぶちきらる』。鮟鱇の吊るし切りですね。ぶら下がったワイヤの先の太い鉤針に鮟鱇のあごを引っ掛けて吊るし、皮や身や内臓を包丁で削ぎ落としてゆくんですけど、ほんとにもう、あますところなくぜんぶ食べられるんですね。昔、父の実家である水戸の割烹旅館で実際にみたことがあります。

夕闇のおもみ仄かに薔薇沈む

近所にも立派な薔薇園がありまして、精神科で有名な病院の庭園なんですが、そこ、どなたが手入れをされているのかはまったく存じませんが、その端正な佇まいには、いつも頭が自然と下がってしまうんです。このあいだひさしぶりに行ってみたんですが、やはり期待にたがわず、重たそうな晩春の夕闇の底で、じつに色んな薔薇の花がひっそりと咲いておりました。あんな大きな薔薇園をつねに美しく維持してゆくには並々ならぬご苦労があるんでしょうね。

一昨日、妻に、しばらく家を留守にしますからそのあいだ庭の手入れお願いいたしますと頼まれまして、生まれて初めて草むしりと水やりをやったんですがね。なにしろどれが雑草でどれが名のある草花なのかなんてぜんぜんわからないもんですから、とりあえずだらんっとした貧乏臭そうなヤツを片っ端からむしりとっては、めくれあがった地面にあわてて水をふりかけたり、おそらくまじめな園芸家がみたら眉をひそめそうなやり方でとにもかくにもやりとげはしたんですが、もう一時間やっただけでくったくた」

師「でも、ま、なんとか素人園芸家デビュー果たしたわけだ」

毛「ところが、リビングに戻りソファーに深々と腰をおろし、隅々までしっとりと水気を帯びた庭を眺めながらやれやれと大満足で煙草に火をつけたとたん、どしゃ降りのにわか雨となりましてね」

ト「くったくたの一時間、骨おりぞんのくたびれもうけ」

師「手際のわりいあんたの庭仕事。ま、今回は初体験ってえことで、天のかみさまが水に流してくれたっちゅうことかもな」

毛「つぎの句です。

鮟鱇の声大皿に静かなり」

ト「鮟鱇、鳴くのか?」

毛「この作者には聴こえたんでしょうね。さきほども申しあげましたが、あんな巨きなぼってりとした体が、吊るし切りにあうと、もうほんとに跡方もなくなっちゃうんですよ。ぴか〳〵光る太い鉤針の先には、なにひとつ残っていない。風が吹いているだけ。そして鮟鱇鍋のかたわらに用意されたその大皿をみると、ぶつ〳〵に削がれた皮やら肉片やら内臓やらがずらりと並んでいる。ものの見事にばら〱にされちゃっていてね。たしかに、鮟鱇の口惜しさ、声なき声のようなものが、大皿の上に静かに漂っておりましたっけ」

師「そもそも、あごのしたに鉤針ぶっ刺されて、大口パックリ状態でひとまえにぶらさげられるんだーら、これだけでも、じゅうぶんくやしかろうな」

毛「胃カメラ検査のとき、あの変なマウスピースみたいなやつをくわえさせられると大口パックリ状態になりますけど、あれ、すごく屈辱的ですもんね」

師「で、ぶらさげられたあげく、無抵抗のところをこま切れにされちまうんだーら、鮟鱇、たまったもんじゃあねえ」

ト「きいてるだけでからだじゅうが痛くなってくる」

毛「魚には痛覚というものはないんだそうです」

師「てえことは、鮟鱇、空中にぶらさげられたまんま、じぶんがこれから死んでいくんだってえこと、わかってねえわけか？」

毛「体の内側のあちらこちらがしだいにひんやりと軽くなってきて、あごに刺さっている鉤針の食い込みもなんとなくゆるくなってきたかなとおもっているうちに、何も聴こえなくなる。

鮟鱇鍋にかぎらず、食卓に向かったら、やはり、まずは胸の前でしっかりと合掌すべきでしょうね。

細胞を調《ととの》えしんと君を待つ

じぶんの全身の細胞を静かに整列させて恋人を待っている。じつに初々しい句ですね。わたくしにも覚えがあります。

『細胞』といえば、あの『ひぐらし』という詩を書いた詩人の、『細胞』と題された未発表の生原稿がつい最近発見されましてね。作品というよりはたんなる覚え書きのようなものですが、短いものですので全文読んでみます。

人類は一匹の巨大な生き物なのである
地球という丸い惑星にへばりついたアメーバのような一枚のひらべたい生き
　物ー
だからわれらにんげんのひとりひとりは
その柔らかな体内に浮遊する無数の細胞のひと粒ひと粒だとおもえばいい
細胞たちは愛しあい
ときには憎みあいながら
あらたな細胞を産んでは死んでゆく
死んではゆくが

人類という一匹の生き物は生きつづけてゆくわけであり
その内部では
産み落とされたあらたな細胞がさらにあらたな細胞を産んでゆく
そうして一匹の生き物であるかぎり
人類は
　いつかはかならず滅びるのである

『ひぐらし』とこの未発表原稿『細胞』に共通しているのは、いずれは滅びるであろうこの世ではあるが、そのはかないこの世にすこしでもおのれの痕跡を残したいというさらにはかない心情なんですね。たしかにひとりひとりは無数の細胞のひとつにしかすぎないかもしれないけれど、それでもなんとか、というか、それだからこそ、生まれて生きた証しを刻みつけたいんですね。そんなおもいが、このふたつの作品の底には流れているような気がするんです」

~閑話~

『ZZZ……………』

また机の上に置かれていた葉書の全文である。

降る雪や明治は遠くなりにけり

毛「いよいよ最後となりました。おふたりとも長いあいだほんとうにありがとうございました。とくに師匠、最後まで生きていてくださってこころより御礼申し上げます。最後の原句は『降る雪や明治は遠くなりにけり』中村草田男。日本人なら誰でも知っている作品ですね。

ふるさとや座るところのなかりけり

ほかのどの土地でもない『ふるさと』での作句。ひさかたぶりに訪れたふるさと、作者どこに行ってもじぶんの座る場所がないんですね。胸のうちで『ただいま』とつぶやいているのに、『お帰りなさい』という返事がどこからも聴こえてこない。じぶんの生まれた土地なのに、じぶんはもうまったくの異邦人になっちゃっている。嘘だろうっておもって『お邪魔してまーす。あ、みなさんお元気そうですね。わたしのこと憶えていますか?』っていう顔で薄く微笑みかけても、人も風景もみんなきょとんとした表情している。作者はすみからすみまでぜんぶ憶えているのに、むこうは作者のことほとんど憶えていない」

師「あんがいそんなもんかもしんねえな」
毛「わたくしにも経験があります」
師「おれが死んでこの世からあの世に引っ越しても、そんなもんよ」
毛「でもね、『お帰りなさい』という言葉は聴こえてきませんでしたけど、わたくしにとって、上野はいまでもやはりこころの拠り所なんですね」
師「ずいぶん変わっちまったけどな」
毛「下谷神社界隈はなんとか昔日の面影を保っているとはいえ、トンガリ幼稚園（下谷教会）、西町小学校なんんか、もう跡形もなくなっていましたしね。でもね、それ、あんまり寂しくないし悲しくもないんですよ。むしろ嬉しい」
師「うれしい？」
毛「嬉しい。だって、あの頃の風景、もう誰にもみられなくてすむんですからね。わたくしの眼の奥に沁みついているあの風景、もうわたくしだけのものなんですから。だーれにもみせてあげない」
ト「ぼくのこと親ばなれしてないマザコンといってるくせに、あんただってふるさとばなれしてないフルコンではないか」
毛「そしてその風景がつねに頭の片隅で息づいている。わたくしが設計した現在の市川の家のわたくしの書斎兼寝室、二階の一番西側にありまして、江戸川をはさんだはるかかなたの上野に向かって窓を開けてあります。寝るときは、その窓の方向に体を向けて寝ます。それほど意識していたわけではないとおもうんですが、気がついたらいつのまにかそういう風になっておりましたね」

師「かなり重症だわな」

毛「でも、これ、わたくしだけではないとおもいますよ。意識的にしろ無意識的にしろそういう暮らしかたしているひと、けっこういらっしゃるはずです。こころ屈したときなんか、つい、はるかに鎮座している『ふるさと』に向かって眼をやっているはずなんです」

ト「たしかに、つい、海のむこうのママの住む町にむかって眼をやってしまう」

毛「そして、つい電話しちゃうんでしょ」

ト「このごろは、あまりしなくなったし、ママからもかかってこなくなった」

毛「ママ、きっと新しい人生に忙しいのかもしれませんね。トムさんはトムさんで、恋人みっけたわけだし」

師「名前きいたか？」

ト「きくもきかないも、あれから半年ちかくなるけど、まだ一度もみかけてない。ちょっとでもみかければ、みのがすはずはないのであるが」

毛「じゃあ、おもいは募るばかりでしょうね」

ト「名前だけでもわかれば、さがしようがあるのであるが」
毛「ママには話したんですか?」
ト「はなしてない。はなすような問題ではないし」
師「そりゃ、ま、そうだわな」
ト「ぐるん〳〵になった頭のなかを整理しようと、お正月に日記帳かってきたのであるが、どこから、なにを、どう書けばいいのかわからなくて、まだ一行も書いてない」
毛「名前すらわからないんじゃあ、書きようがありませんよね」
ト「　**ふる雪やページは白く暮れにけり**　」
毛「白いページがふたりの日々の出来事でびっしり埋まる日、あんがい近いうちにやってくるかもしれませんよ。トムさんの山の家、けっこう口コミで有名らしいですから。彼女のほうからひょっこり訪ねて来るなんてことだってないとはいえない」
師「不法占拠の家が、ふたりの縁をとりもつことんなるわけだ。屋根の穴、やっぱなおしといたほうがいいぞ」
毛「　**鞦韆《ぶらんこ》のますぐになりて夕暮れぬ**

夕暮れの公園の片隅で、数連の鞦韆がまっすぐに下りている。

ついさきほどまではこどもたちに乗られて揺れていた鞦韆が、いまは、地面に吸い寄せられて、身じろぎひとつしない。

夕暮れの公園に漂う眼にみえない重力というものを、垂れ下っている鞦韆の姿を借りて見事に視覚化してもおります。
無人の静けさの中に、こどもたちの嬌声が聴こえてくるようで、動きを内包したすてきな作品になっていますね」
ト「この地球上のすべての鞦韆は、ひとが家にかえってしまうと、みんな地球の中心にむかってまっすぐにたれ下がるわけだ」
毛「鞦韆にかぎらず、この地球上のあらゆるものはみんな、地球の中心に向かって吸い込まれてゆく重力に引っ張られているんですね。重力は、地球上のありとあらゆるものにたいして、わけへだてなく平等に作用している。その公平さ、神の如し。あたりまえといえばあまりにもあたりまえのことではありますけど、やっぱり、重力って凄いなとおもいますね」
ト「この世から重力がなくなったら、どうなるんだろう?」
師「かかぁが、どっからかにこ〳〵音もなくただよってきたりしてな」
毛「師匠喜んだのもつかの間、師匠自身が意志に反して、どっかに音もなく漂い去ってっちゃったりしてね」
師「それ、こまるわな」
毛「体がふわ〳〵浮かぶのは楽しいかもしれませんけど、じぶんの意志通りに動かないのは困るでしょうし、なによりも、そうなると意志それ自体がふわ〳〵の無重力状態になってしまって機能しなくなるかもしれませんね」

ト「重力は、にんげんのからだもこころも支配してるということか？」

毛「重力、恐るべしですね。現にいま、われら三人、座布団にぴったり引き寄せられながら、盃の底にぴったり張りついているお酒を飲んでいるんですからね。それでは、重力の充満しているこのお部屋の真ん中で、最後の作品にまいりましょうか。

降る雪やお耳も遠くなりにけり

師「わたくしはまだ大丈夫ですけど、ま、いずれいろんなものが遠くなるんでしょうねぇ」

浮子《うき》遠く意識も遠くなりにけり

師「釣りしてても、ふっと妙にいいこんころもちんなって、そのまんまどっかに吸い込まれちまいそうになること、しょっちゅうだーらな」

ト「はやいとこかかぁみつけろ」

毛「あれから、奥さまの動向は？」

師「ちらほら、うわさだけはきくんだがな」

毛「ひっそりと箪笥の奥に眠ったまんまの薔薇の刺繍のハンカチ、いつになったら奥さまに渡すことができるのやら」

師「しめっぽい日がつづいてたからよ、こないだ天気のいい日にちょっくらひっぱりだして洗っていちんち干しといたら、おろしたてみてえにきれいになったなぁ」

毛「わたくしもきのうのお昼、天気が良かったんで、猫、ひさしぶりに庭で洗ってやりましてね。最後にドライヤーで乾かしたら、毛がちょっとふくらんじゃったせいもあるんでしょうけど、なんとなく少年らしさがない。もちろんあいかわらず細身ではあるんですけど、『えっ？』っておもうくらい一人前の猫になっているんです。迷い込んできたときは、片手のてのひらにちょこんと乗るくらいだったのが、気がつかないうちに、すっかり立派になっていました。にんげんとちがって、ほんとにあっという間に成長していました。こころなしか表情にもゆったりとしたおおらかさが漂っているんですよ。

体がさっぱりしたせいか、その場で気持ち良さそうな寝息を立て始めちゃいましてね。それみていたら、よくぞまあ我が家に来てくれたよなぁと、しみじみとした気分になったものの、あんまりにも立派になっているんで、ちょっと小憎たらしくもなりましたね。

まいご猫寝息もさまになりにけり

すっかり家族の一員であります」

ト「名前は？」

毛「まだつけておりません」

■詳細目次

あとがき

この小説は【滑稽俳句協会】に三年間連載したものです。

ある日、協会を主宰されている元NHKアナウンサー八木健氏から「古今の俳句あるいは俳人たちを森さんなりに論じていただけませんか?」というお茶目なお申し出がありました。

「えッ、俳句?」

そもそも俳句、俳諧という文芸の成り立ちすら知らない人間です。

季語だのなんだの、その他あれやこれやも、もしかしたら学生時代に教わっていたのかも知れませんが、そんなもの、まったく忘れはてております。

面白大好き人間の私はたしかに【滑稽俳句協会】には参加しましたが、まん中の「俳句」という二文字ははなから眼中にはなく、ただ【滑稽協会】というサロンに遊びに行ったついでに協会テーマソングを作ったりしていただけです。


句作経験なし。もちろん句誌、句会などの経験まったくなし。


そうはいっても引き受けてしまったからには何らかの形で原稿を書かざるをえなくなり、悩みになやみぬいたはてにふとおもいついたのが、「戯《ざ》れ句」「もじり句」でした。

これなら、なんぼでも出来る。

そう腹をくくったとたん、面白いくらいに私のからだから、二百数十句、つぎからつぎと生まれてきました。面白くておもしろくて病みつきになりました。ひねりだした戯れ句をもとに話を展開したり、あるいは逆にひとつの話を書くために戯れ句をひねりだしたり。『うちの猫は俳句が大好き』。この小説の出来上がるまでの経緯はそんなところであります。

作品の完成も幸せなことではありましたが、なによりも戯れ句や、作中の三人のおしゃべりを書きつづけているその一瞬一瞬、「ああ、いま、おれは生きている」という幸福感に圧倒されそうになりくらくらしたのを覚えております。いまおもえば、あの不思議な三年間。もしかしたら、私は、まったくの「別人間」だったのかもしれません。

連載終了してもとの「真人間」に戻ってからは、二〇二〇年現在まで一句もつくっておりません。というより、つくれなくなりました。

三年間限りの俄《にわ》か俳人ではありましたが、そのわずかな日々のなかで自分なりにわかりえたことは、俳句は「遊び」ではあるけれども「お遊び」ではない、ということでした。

俳句という短詩藝術の凄さ恐ろしさをつくづく思い知らされました。

いちゃもんひとつつけることもなくひたすら穏やかに連載を見守りつづけてくださった八木健氏、丹念に心を込めて原稿をとり扱ってくださった日根野聖子氏には、感謝の念が七年経た現在もふつふつと湧いてまいります。懐かしい、じつに豊かな日々でした。

二〇二〇年七月　　森　真紀

著者略歴

森　真紀（もり・まさのり）

一九五〇年　東京生まれ　国学院大学文学部哲学科卒

「現代詩集成」「文芸春秋SPECIAL」「詩アンソロジー」「ベストエッセイ集《日本エッセイスト・クラブ編》死ぬのによい日だ　文春文庫」「詩学」「詩学研究」「四季」「詩」「東京四季」「日本語の星たち」などに作品を発表。本名のほかに「森　学」という筆名での発表もあり。

音楽【作曲】関係ではNHK最優秀賞三度受賞、NHK年間優秀賞受賞、ハロージャンボ音楽祭グランプリ受賞、クレヨンハウス『音楽広場』賞受賞。

著書に『悪妻盆に帰らず』まどか出版『日本語ごっこ』まどか出版『ちばけんいちかわずるやすみ　【黒木森薫《かおる》のいちかわ狂騒曲《らぷそでぃい》】【詩集　初夜の風景】』近代文芸社など。

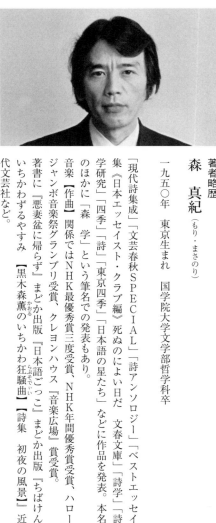

うちの猫《ねこ》は俳句《はいく》が大好《だいす》き

発　行　二〇二〇年十月二十五日

著　者　森　真紀
装　丁　直井和夫
発行者　高木祐子
発行所　土曜美術社出版販売
〒162-0813　東京都新宿区東五軒町三—一〇
電　話　〇三—五二二九—〇七三〇
ＦＡＸ　〇三—五二二九—〇七三二
振　替　〇〇一六〇—九—七五六九〇九

印刷・製本　モリモト印刷

ISBN978-4-8120-2582-6　C0095